婚約破棄された令嬢ですが、私を嫌っている御曹司と番になりました。

★

ルネッタⓁブックス

CONTENTS

Lunetta

序章　桐哉と羽衣

「きーちゃん、ねえ、みてぇ」

舌足らずな声であだ名を呼ばれ、桐哉《きりや》は顔を上げた。

声の方を見れば、縁側のガラス戸を開けて、幼女が外を眺《なが》めている。先ほどまで自分の傍《そば》で人形遊びをしていたのに、飽《あ》きてしまったらしい。

「どうしたの、羽衣《うい》」

訊《たず》ねると、羽衣が真っ白な小さい手で外を指した。

「あっち。みてぇ」

細い指が示す先は、夕闇にやんわりと染まりつつある広大な日本庭園だ。

初夏の日暮れは遅く、夜の気配は景色を水彩画のように淡く滲《にじ》ませていた。

羽衣の指は、その景色の真ん中にある池を指している。大きな錦鯉《にしきごい》が何匹か泳いでいて、金やら赤やらの派手な色が水面にちらちらと見えた。

「……見てって、何を？　鯉？」

桐哉が首を傾《かし》げると、羽衣は小さな顔を庭に向けたまま、ふるりと首を横に振る。

顎の下で切り揃えられたまっすぐな黒髪が、その振動で微《かす》かに揺れた。羽衣の髪はきれいだ。

髪だけじゃない。雪のように白い肌も、くるりとカーブを描く長いまつ毛も、ビー玉のように
透き通った大きな瞳も、何もかもがとびきりきれいだった。

羽衣はまだ五歳。桐哉よりも四つも年下の少女だ。

こんなに稚《いとけな》いのに、見る者をドキリとさせるような色香が、この子にはあるのだ。

「あれ、あれよ。ほら、みて」

鈴を転がしたような高く透明な声が、桐哉の鼓膜を震わせる。その声は、幼いのになぜかこちらを従わせるような力があった。――いや、従わせる、というよりは、願いを聞いてやりたくなる、という方が正しいだろうか。

桐哉は促されるままにもう一度羽衣の指す方向に視線を向け、目を凝《こ》らした。

すると池のふちに咲く薄紫のホタルブクロの辺りに、ちらちらと青白い光が見える。まだ日は落ちきっていないから、その光はとても微《かす》かだ。

「……ホタル？」

桐哉が問うと、羽衣はふわりと破顔する。

「ん。ぴかぴかしてて、きれいでしょ」

羽衣が笑うと大きな瞳が潤《うる》んだように光った。透明で無垢《むく》な煌《きら》めきに、桐哉の胸がキュウッと音を立てる。

羽衣を見ているとこんなふうに胸が軋《きし》むようになったのは、いつからだったろうか。

(……分からない。でも、羽衣は、僕にとってずっと「特別」だった)

——だが、羽衣は？

そう訊ねてみたい気もした。

だが桐哉はそうしなかった。

なぜなら、彼女がなんと答えるか分かっていたからだ。

『ういちゃんは、きーちゃんも、ふーちゃんも、だぁいすき！』

満面の笑みでそう言う彼女が目に浮かぶ。

「ふーちゃん」とは、桐哉の二つ上の兄の藤生《ふじお》のことだ。

うんと幼い頃から、藤生と桐哉の兄弟に交じるようにして、羽衣は育てられた。だから彼女にとって藤生と桐哉は兄同然の存在で、そこに優劣などない。とどのつまり、羽衣にとって桐哉は「特別」ではないのだ。

それが、切なくて、苦しい。

だから桐哉は、羽衣がきれいだと思うたびに胸が痛くなる。

「……羽衣の方が、きれいだよ」

気がつけば、そんなことを口走っていた。

なぜそんな恥ずかしいことを言っているのだろう、とカッと顔に血が上った。

目の前の羽衣はきょとんとした表情だ。

「い、今のは――」

ナシ、と言おうとした桐哉を、羽衣のはしゃいだ声が遮《さえぎ》った。

「ういちゃん、きれい？　ほんと？」

大きな瞳を期待で煌めかせ、羽衣がずいっとこちらに顔を寄せてくる。

こんな目をされて、違うと言えるわけがない。桐哉はグッと口をへの字にした後、ため息をつきながらコクリと頷《うなず》いた。いつだって桐哉は羽衣に弱いのだ。

「……うん。羽衣はきれい。一番きれいだよ。一番きれいで、僕の一番好きな子」

少し恥ずかしかったが、心のままにそう伝えた。

（……たとえ、羽衣の一番が僕じゃなくても）

すると羽衣はますます頬を緩めて、幸せそうに破顔する。

「えへへ……うれしい。ういちゃんも、きーちゃんとふーちゃんが、いっちばんすき！」

想像どおりの返しに、桐哉は力なく笑う。

「……うん」

分かっていたのに落胆する自分に情けなくなる。

奥歯をグッと噛《か》み締めて切なさを逃していると、こちらの苦悩など知らない羽衣が屈託《くったく》ない微笑《ほほえ》みを浮かべて言った。

「ういちゃんはね、おっきくなったら、ママみたいになるんだ！」

「羽衣のママ、きれいだからね」

桐哉の家と親戚のような付き合いをしている羽衣の両親には、もちろん何度も会っている。両親共に儚《はかな》げな印象の美男美女だ。特に羽衣の家——小清水《こしみず》家の当主である母親は、子どもの桐哉でもその美しさが他を圧倒していると分かるほどの美女だった。

「パパはね、ママがいっちばんすきなんだって。ういちゃんは、そのつぎなんだって。ママがせかいでいっちばんきれいだねって、いつもいうのよ」

羽衣が唇を尖《とが》らせる様子に、桐哉は苦笑する。

彼女の両親はとても仲が良く、娘ですらその間に割って入ることができないようだ。そこに寂しさを感じているのかもしれない。

羽衣の両親は『運命の番《つがい》』だったのだという。それがどういうことか、桐哉はもう家庭教師から学んで知っているが、幼い羽衣はまだ理解できていないのだろう。

幼馴染《おさななじ》みの寂しさを少しでも慰《なぐさ》めたくて、桐哉は羽衣の小さな頭をヨシヨシと撫《な》でた。

「きーちゃん？」

「……羽衣の方がきれいだよ」

「……ほんと？　ママより？」

ビー玉のような瞳が、こちらをまっすぐに見てくる。あまりに透明で、吸い込まれてしまいそうだ。その美しさに目を奪われながら、桐哉はゆっくりと首を上下した。

「うん」

「ホタルよりも？」

比較の対象が急に虫になって、桐哉は思わず噴《ふ》き出してしまう。

「ふはっ」

「どうしてわらうのぉ！」

「だって、ホタルなんて！　虫だよ？」

あはは、と声を立てて笑うと、羽衣のほっぺたがパンパンになった。

「もう！　むしだけど、きれいだもん！　わらわないでぇ！」

「ふふ、ごめんごめん。でも、ホタルなんて、比べものにならないよ。羽衣の方がきれいだし、可愛いに決まってる！」

笑いながら言ったセリフに、羽衣が膨《ふく》れっ面をやめて、桐哉の胸に顔を埋めるようにギュッと抱きついてきた。

可愛い顔が見えなくなって、桐哉は首を傾げる。

「羽衣？　うーいちゃん？」

桐哉に抱きついたまま動こうとしない羽衣は、しばらくして「えへへ」と照れ笑いしながら顔を上げた。ホタルを見つめていた時の、どこか神秘的なきれいさとは真逆の、あどけなく身近な、とびきり可愛い微笑みだった。

「……うれしい」

その笑顔と呟《つぶや》きが、どれほどこの胸を軋ませるか、この子は分かっているのだろうか。

(……分かってないに決まってる)

鈍感という話以前に、まだ幼い少女だ。

自分もまた彼女とそう年の変わらない子どもだが、桐哉は他の子どもとは違う。

——王寺《おうじ》家のアルファなのだから。

ベータやオメガよりも知能と身体の発育が早いと言われるアルファの中でも、この王寺家に生まれたアルファは特に成熟が早いらしい。

だが桐哉は、早すぎる成熟に自分の心が追いついていない自覚があった。

アルファはオメガを求める。それは本能らしい。

自分に抱きつく柔らかな身体に、己《おのれ》の中の庇護《ひご》欲と独占欲がむくりと頭をもたげるのが分かった。

(だめだ。抑えろ。羽衣は……羽衣は、僕のオメガじゃない……)

諦めたくない。だが、諦めなくてはならない。

苦しい葛藤を心の奥に隠して、桐哉は愛しい少女を抱き締め返したのだった。

＊＊＊

この世界には、男性、女性という性の区分の他に、アルファ、ベータ、オメガという第二の性の区分がある。

社会的階級《ヒエラルキー》のトップに立つ存在であるアルファは、健康で頑丈な身体、優秀な頭脳、美しい容姿、と全てにおいて秀でている者が多い。社会において政治家や企業の経営者といった指導者的な立場にある者は、ほとんどがアルファであると言われている。

アルファに次ぐ存在であるのがベータだ。いわゆる一般的な人種であり、最も数が多いのがこの性別である。

そして最後のオメガは、希少種であるアルファよりもさらに数の少ない絶滅危惧種とされている。

数や能力の違いだけならこのような分類は必要ない。

この分類において重要なのは、その生殖能力だ。

ヒエラルキーの頂点に立つアルファは、その優秀さゆえか、ベータに比べて生殖能力が非常に低い。アルファ同士、あるいはベータとの組み合わせで子ができる確率は一％にも満たないと言われている。だがオメガとの組み合わせになると、その確率は飛躍的に上がるのだ。

これはオメガの持つ『発情期《ヒート》』と呼ばれる繁殖期が原因だ。オメガは三ヶ月に一度ほどの周期でアルファを発情させるフェロモンを発する。この時期にアルファと性行為を行えば、なんと九割近い確率で妊娠するのだ。

この構造は、オメガは生殖のために存在する種類、ともとることができる。

また発情期《ヒート》の期間中、オメガはフェロモンを出し続けてしまうことや、体調不良で動けなくなってしまうことから、社会に出て仕事に就くことが難しいとされてきた。

これらの性質から、オメガは『繁殖のための性』とされ、長らく蔑視《べっし》されてきた歴史がある。

だが数十年前にヒートを抑える治療薬が開発されたことで、彼らの社会的地位を見直す法律が制定され、環境が大きく改善された。性教育も徹底されたことでオメガに対する理解が深まり、現在では表立ってオメガを貶《おとし》める人はほとんどいない。

それどころか、過去の虐待から『絶滅危惧種』まで数を減らしたオメガは保護対象とされ、社会的に守られるようになった。

社会を率いる次代のアルファを生み出すために、オメガの存在は必須なのだから、この流れは当然ともいえるだろう。

「オメガ……か。羽衣がそんなものじゃなかったら良かったのに……」

家庭教師から渡された性教育のための教科書をパタリと閉じて、桐哉は呟く。

『きれいだろう。あの子はこの家のためのオメガだからな』

いつだったか、祖父が羽衣を眺めながら満足げにそう言っていたのを思い出す。

それを聞いた時、桐哉は首を傾げた。

第二の性別がどういうものかについては知っていたが、羽衣がどの性なのか、その時はまだ知らなかったからだ。

『羽衣は、オメガなの？』

祖父の言葉に、桐哉は訊ねた。

すると祖父はしたり顔で微笑んだ。

『ああ、そうだよ。あの子は小清水の娘だからな』

小清水、は羽衣の苗字だ。羽衣の祖父と桐哉の祖父が仲が良く、親戚のような付き合いをしていたため、羽衣は赤ん坊の頃からしょっちゅう王寺家に出入りしていた。

あまりに毎日のように家にいるので、桐哉と桐哉の兄の藤生は、最近まで羽衣を親戚の子だと思い込んでいたほどだ。

『小清水家からは必ず優秀なオメガが誕生する。「女神胎《めがみばら》」と呼ばれるオメガの名家だ。アルファと番《つが》った小清水のオメガから生まれた子どもは、ほとんどがアルファとして生まれ、しかも傑人になるのだ。……首相、起業家、科学者、宇宙飛行士になった者もいたな。だから、どこの家のアルファも、小清水のオメガをこぞって欲しがる……』

祖父の説明に、桐哉は仰天《ぎょうてん》してしまった。

それが本当なら、羽衣を欲しがる家がたくさんいるということだ。

『だめだよ！　羽衣はよそにやらない！　羽衣は僕のオメガだ！』

大切な幼馴染みをよそに取られてなるものか、と憤《いきどお》れば、祖父は少し困った顔になって唸《うな》り声をあげた。

『……さて、お前か、藤生か、どちらの番《つがい》になることやら……』

兄の名前が出てきて、桐哉の心臓がギクリと嫌な音を立てた。

藤生は桐哉の二つ上の兄だ。頭も良く運動もできる上に容姿端麗《たんれい》な兄は神童と呼ばれていて、かつてないほど素晴らしい当主になるだろうと周囲から期待されていた。

そんな兄に、桐哉は何一つ敵《かな》わない。

（……きっと羽衣は、兄さんの番《つがい》になってしまう……）

桐哉は兄ほどではないが頭が良く、大人の話は大方理解できている。

『この家のためのオメガ』だと祖父が言ったのだから、羽衣は王寺家の当主となる兄の花嫁としてここに連れてこられていたということだ。

兄を尊敬している。優秀であること以上に、藤生は人格者だ。優しく穏やかで、決して他者に理不尽を言わない。まだ十一歳にしかならない子どもだが、他者を慮《おもんばか》り自分を抑えることのできる人なのだ。

それに比べ、桐哉はだめだ。自分の感情に振り回され、泣いたり怒ったりして、いつも周囲を困らせる。そんな自分が嫌で、余計に悔しくて泣いて怒ってしまうのだ。悪循環にもほどがある。

悔し泣きをする桐哉に寄りそってくれるのは、やはり藤生だ。優しく、けれど同情や憐憫《れんびん》のない目でこちらを見つめ、冷静な言葉で宥めてくれる。

だから桐哉は兄が好きだし、兄こそがこの王寺家の当主に相応《ふさわ》しいと思っている。

兄はいつだって正しいし、自分がその言うことを聞くのが当然だ。

（……でも、羽衣は……羽衣だけは、兄さんにも、取られたくない……！）

こんな気持ちは初めてだった。

大好きで尊敬している兄にも、羽衣は渡したくなかった。

それくらい、羽衣は桐哉にとって特別な存在なのだ。

羽衣を初めて見たのは、桐哉もまだ幼児だった頃だ。

桐哉は幼い頃の記憶が鮮明な方で、特に羽衣に関する記憶は昨日見たことのようにはっきりと覚えている。

羽衣は真っ白なレースの布に包まれ、母親に抱っこされて王寺家にやって来た。

きっとあの訪問は、王寺家の「花嫁」が誕生したことを知らせるためだったのだろう。羽衣の両親の他に、当時の小清水の当主である羽衣の祖母の姿もあった。

祖父は丁重に彼らをもてなし、やがて孫息子の二人を手招きした。

『おいで。お前たちも、赤さんを見せていただきなさい。とびきり美しい赤さんだよ』

祖父の言葉を合図に、白い布の塊《かたまり》を抱いていた女性が、にこりと微笑んで男児たちに腕の中を見せてくれた。

布を開くと、中には驚くほど美しい赤ん坊が眠っていた。

生まれたての赤ん坊は、しわくちゃではっきりしない顔をしているものらしいが、羽衣は違った。形の良い眉、小さいのに通った鼻、いちごのように赤い唇、そして琥珀《こはく》のように透き通った瞳――小さな顔の中にそれらが整然と並んでいて、まるで精巧に作り上げられた人形のようだった。

歓声をあげたのは、兄だった。

『うわぁ、かわいい赤ちゃんですね』

兄の感想に、周囲の大人たちがニコニコと笑った。

『そうだろう』

『はい。こんなにかわいい赤ちゃんは初めて見ました』

『まあ、ありがとう。羽衣、良かったわねぇ、お兄ちゃんに褒《ほ》められて』

和気藹々《わきあいあい》と大人たちと会話する兄の傍《かたわ》らで、桐哉は無言のまま赤ん坊を食い入るように見つめていた。あまりに小さくて、可愛くて、目が離せなかったのだ。

長く濃いまつ毛に覆《おお》われたつぶらな瞳が、きゅるりと動いてこちらを見た。

桐哉の胸がドキリと音を立てる。

生まれたばかりの赤ん坊だから、まだ目は見えていないはずだ。それなのにその透き通ったビー玉のような目は、桐哉のことを捉えているかのようにしっかりと視線を合わせてきたのだ。

羽衣は不思議そうに桐哉を見た後、ふわっと花が綻《ほころ》ぶような微笑みを浮かべた。

――これは自分のものだ。

その笑顔を見た瞬間、本能的にそう思った。

いや、感じた、と言った方が正しいかもしれない。

まるでかけっこをした後のように心臓がドキドキと飛び跳ねていた。

表現しがたい衝動のままに手を伸ばし、小さな頬に触れる。ふんわりと柔らかく温かい皮膚《ひふ》に、触れた指先から溶けていくような心地がした。

彼女と自分が一つになる白昼夢のような感覚にうっとりとしていると、不意に手を押さえられてビクッとなった。

『これ、桐哉。赤さんに触ってはいかん』

桐哉の手を掴《つか》んだのは祖父だった。当時桐哉は四歳だったから、赤子に何かしてはと心配したのだろう。

幼児だった桐哉にとって、当時まだ王寺家の当主だった祖父は近寄りがたい人だったから、その叱咤《しった》の声にビクンと身体を震わせた。

『まあ、御大《おんたい》。よろしいのですよ』

桐哉の怯《おび》えに気づいたのか、羽衣の母親がやんわりとした声で言った。

『いやぁ、しかし、それはまだ幼いもので……御子《おこ》に強くしてしまうやもしれん』

『大丈夫ですわ。だって、とっても優しく触ってくれていますもの。……ねえ、桐哉くん。赤ちゃんにヨシヨシってしてくれようとしたのよねぇ？』

穏やかな声をかけられ、桐哉はホッとしてこくこくと頭を上下する。すると羽衣の母親はますますにっこりと笑った。

『触ってあげて。……そっとね』

ほら、と差し出すように腕の中の赤ん坊を見せられて、桐哉はおずおずと祖父の様子を窺《うかが》った。

祖父はやれやれと言った表情をしたが、うん、と一つ頷いてくれたので、桐哉はパッと顔を輝かせて羽衣の方に向き直る。

言われたとおりそっと頬に触れると、羽衣が小さな口を開けて「あー」と言った。

『……しゃべった！』

『喋《しゃべ》ったねぇ』

驚く桐哉に、周囲の大人がクスクスと微笑ましそうに笑う。

だが桐哉は周囲の反応などそっちのけで、羽衣のことばかり見つめていた。

羽衣はつぶらな瞳でしっかりと桐哉の方を見ていて、もみじよりも小さな手をウゴウゴと動かして、こちらに伸ばしてくる。

この子が自分に触れたいのだと、桐哉はすぐに分かった。

だから顔をずいっと羽衣の方に寄せると、小さな手のひらが吸い付くように桐哉の鼻に触れた。小さな手は温かく湿っていて、ほのかに甘い匂《にお》いがした。

『あらまあ、羽衣ちゃん、お兄ちゃんに遊んでもらって、ご機嫌さんだねぇ』

羽衣の母親が楽しそうに言った。

だが、桐哉は遊んでいるつもりではなかった。

それは、確認だった。

自分とこの子——羽衣が巡り会うことができたことを、確かめ合っていたのだ。

この時すでに、桐哉は羽衣を特別視していた。

具体的にどう特別なのか、桐哉自身も分かっていなかったし、感情が『恋』なのだと理解するまで数年を要したが、九歳になった現在、桐哉は自分が羽衣に恋をしていることを自覚している。

同時に、これが叶《かな》わぬ恋であることも。

この王寺家は古い時代から続き、かつては財閥としてこの国の代々政界、経済界に君臨した、いわゆる名家といわれる家である。当然のように、この家に生まれる者——とりわけ本家の人間はアルファであることが多い。そして王寺家の本家は、アルファとして生まれた子どもの中で、最も優秀である者を当主とするのだ。

現在王寺家の当主は父で、その子どもは二人――兄の藤生と桐哉である。もちろん、二人ともアルファだった。

非の打ち所のないアルファである兄が、次代の当主になるのは明白だ。

(そして羽衣は、この家の当主の花嫁となる存在……)

兄に勝つもののない桐哉には、手の届かない月のような存在なのだ。

そう分かっていてもこの恋心を止める術《すべ》を、桐哉は未《いま》だに持ち得ていない。

「――いつか君を忘れられる時が、来るのかな……?」

脳裏に恋しい少女の笑顔を浮かべて、桐哉はため息をついた。

愛する少女を想うだけで、罪悪感が胸に広がる。

(誰かを好きになるだけで、こんな汚《きたな》い感情を抱かなければいけないなんて……)

早く、羽衣への気持ちを忘れられたらいい。

兄と羽衣が手を取り合う姿を見ても、二人の幸福を祈れるように――。

その時が来るのを、誰よりも桐哉自身が待ち望んでいた。

第一章　再会

「小清水《こしみず》室長、ちょっといいですか……？」

顕微鏡《けんびきょう》の中を覗《のぞ》き込んでいた小清水羽衣《うい》は、名前を呼ばれて顔を上げた。

声の方を見れば、ヨレヨレの白衣を着込んだメガネの男性が、タブレットを片手にこちらに歩いてくるところだった。

「姫川《ひめかわ》くん、どうしたの？　……っていうか、メガネずれてるよ」

姫川の分厚いメガネが傾《かたむ》いているのに気づき苦笑しながら指摘すると、姫川は「ああ……」と呟《つぶや》き、緩慢な仕草でメガネの位置を直した。

「僕、近視はあるけど乱視はないので、多少ズレてても見えるんです」

理屈っぽい姫川の主張に、羽衣は苦笑を濃くして軽く頷《うなず》く。

「ふぅん、そうなんだ。私、視力はいいからその感覚よく分かんないけど、見え方以前に身だしなみが整っていないように見えるから、直した方がいいよって話」

羽衣は指摘した。言っていることはかなり辛辣《しんらつ》だが、その口調が笑みを含んだ穏やかなものだから、怒気やイヤミっぽさが全く感じられない。

もとより羽衣は、喜怒哀楽の真ん中二つを持っていないのではないかと言われるほど温厚かつ柔和な性格だから、羽衣がひどいイヤミを言ったとしても、それをイヤミと受け取る人は少ないかもしれない。

羽衣の言葉に、姫川は「なるほど」と言ってもう一度メガネの位置を直した。

「それならこれからちゃんとかけます」

「うん、それがいいと思う。あ、メガネすごく汚《よご》れてるよ。一回拭《ふ》いた方がいいかも」

この職場では顕微鏡を使うことが多いので、メガネをかけている職員は、よく接眼レンズを覗き込んだ際にメガネのレンズと接触させて汚してしまうのだ。

メガネが汚れていると、どうしても見た目の清潔感が損なわれてしまう気がして、羽衣はこのラボのあちこちにレンズクリーナーを配置してあった。

(うちの職員、身なりを気にしない人が多いから、所長が気にしてたものねぇ……)

ここは王寺《おうじ》薬品工業傘下の研究所で、主にフェロモン抑制薬の研究をしているラボだ。

研究所だから、当然ながら職員の九割が研究者だ。

研究者気質の者は、いつでも冷静沈着で知識や情報を蓄積したり分析したりすることができる反面、自分の世界に没頭しがちなためか他者からの評価を意に介さないきらいがある。

このラボの研究者たちは、特にその傾向が強い。

しかし王寺薬品工業の上からは、研究者の身だしなみについて苦言を呈《てい》されているらしく、所長がいつも「うちの職員はみんな優秀なんだけど、もうちょっと身ぎれいにしてくれたらなぁ」と愚痴《ぐち》をこぼしているのだ。

(……まあ、所長も上から圧され、下から責められて大変なんでしょうけど……)

所長の丸い顔を思い出しながら、羽衣は小さくため息をつく。中間管理職は大変である。

ポヤポヤな人が多い研究員の中でも、とりわけこの姫川はポヤポヤが顕著なので、つい指摘をしてしまったが、気を悪くさせせただろうか。

そっと目を向けると、ちょうど姫川がメガネを取ってクリーナーで拭いているところだった。

その素顔を見て、羽衣はもう一度ため息をついた。今度は感嘆のため息だ。

瓶底《びんぞこ》と言っていいほど分厚いレンズを外すと、そこにはかぐや姫もかくや、と言わんばかりの美貌があった。

真っ白な肌、長いまつ毛に通った鼻梁《びりょう》、潤《うる》んだ唇、そして仔鹿《こじか》のようにぱっちりとした黒目がちの瞳。傾国《けいこく》の美女——ならぬ美男とはまさに彼のことを言うのだろう。

「……姫川くん、せっかくきれいな顔をしてるのに、メガネで隠れてしまうのはもったいないよねぇ」

思わずしみじみとした口調で言えば、姫川はギョッとした表情になった。

「ちょ、やめてください。小清水室長にだけは言われたくないです……」

「え～？　なんで私にだけとか言うの？　ひどい！」

そんなに嫌われていたのだろうか、と焦《あせ》っていると、姫川は急いでメガネを掛け直してジトリとこちらを睨《にら》みつけてきた。

「小清水室長こそ、めちゃくちゃきれいじゃないですか……」

「ええ？　私なんか全然だよ。うちの母親とか、君に比べたら……」

小清水家の当主である母は、もう五十路《いそじ》を目前とするにもかかわらず、若々しく妖艶《ようえん》な美貌を保っていて、『小清水の女神』という異名まで持っている。

人類を超越したかのような超絶美形を親に持つと、美の基準がとんでもなく高い位置に設定されてしまっていて、羽衣の『美人』に対するハードルは一般的な水準からは遠い。

「室長、本社で『衣通姫《そとおりひめ》』って呼ばれてるの知ってますか？」

「何それ。ソトオリヒメ？」

「日本書紀に出てくる、ものすごい美人なお姫様です。美しすぎて、衣《きぬ》を通して輝いていたからその名前がついたそうです」

「どういうこと？　その人発光してるってこと？」

確か生物発光する生き物には、自ら発光物質を生産するタイプと、発光細菌の寄生・共生によるタイプがいたな、と脳内から情報を取り出して思案していると、姫川がやれやれとため息をつく。

「違います。美しいことの比喩《ひゆ》ですよ」

「ああ、比喩。なるほど……」

文学的な思考回路を持ち合わせていない羽衣は、パチパチと瞬《まばた》きをした。

「僕も人のこと言えませんが、室長って生粋《きっすい》の理系脳ですよね……」

部下に呆《あき》れたように言われ、羽衣はムッと唇を尖《とが》らせる。

「いや本当に君には言われたくないかなー」

「僕は室長ほどじゃないです」

「言ったな？　藤生《ふじお》さんに『この先一生僕から離れないでほしい』ってプロポーズされた時、『それは無理ですね。僕にも仕事がありますし、あなただってそうでしょう？』って答えたって聞いたよ？」

羽衣がニヤニヤしながら指摘すると、姫川は白い顔を一瞬で茹《ゆ》でタコのように真っ赤にした。

「なっ……!?　なんで知って……！」

「藤生さんが盛大に惚気《のろけ》ながら教えてくれた～！」

「あの人はッ……！」

片腕で顔を隠すようにして唸《うな》る姫川に、羽衣は軽快な笑い声をあげる。

「まあ、良かったじゃない！　君たちがうまく纏《まと》まってくれて、私としてはすごくホッとしたし、嬉《うれ》しいよ！」

藤生と姫川のカップルは、こうして纏まるまでにたくさんの障害があったのだ。それらを懸命に乗り越え、こうして二人で幸せになる道を選ぶことができたのは、本当に素晴《すば》らしい。

心からそう言ったのに、姫川は少し気遣わしげな表情を浮かべた。

「……その、室長には、申し訳ないことを……」

「えっ？　やだやめてよ～！　なんにも申し訳なくないって！」

ブンブンと手を振って否定したのに、姫川は必死な顔でなおも言い募る。

「でも！　藤生さんは、室長の婚約者なのに……！」

「あー、だから、それは子どもの時から決まってたことなだけで、私たちはお互いに兄妹みたいにしか思ってないんだよ」

羽衣は苦笑いしながら、これまで何度もしてきた説明を繰り返した。

姫川の言うとおり、彼の恋人である藤生は、羽衣の婚約者だ。

だがそれは家と家の決めた政略婚約というやつだ。

羽衣の実家である小清水家は、代々優秀なオメガを生み出す『女神胎《めがみばら》』と呼ばれるオメガの名家なのだ。

そして藤生の家は、優秀なアルファの名家、王寺家だ。

アルファはオメガ以外の相手とでは子を生《な》しにくい。絶滅危惧種とまで言われるオメガを確保するために、羽衣が生まれる前から定まっていた婚約だった。

そのため羽衣は幼少期から王寺家に出入りしており、藤生とはほとんど兄妹のように育ったし、実際に藤生を『お兄ちゃん』と呼んでいた時期もある。

（そんな相手を、恋愛対象として見るとか、無理ってもんでしょう……）

とはいえ、家と家の決めた政略婚約だ。そう簡単に覆《くつがえ》すことができるわけもなく、流れで婚約関係を続けてきただけなのだ。

羽衣が言葉を重ねても、姫川の苦しげな表情は変わらなかった。

「藤生さんと室長が、お互いを兄妹同然に思っていることは分かっています。……だとしても、僕たちの決断に、あなたを巻き込むことになってしまうから……！」

「あ～それは、まあそうなんだけど……」

羽衣は「ハハハ」と乾いた笑いが込み上げた。

繰り返すが、王寺家はアルファの名家だ。歴代の当主は起業家・経営者として非常に優秀な人物で、海運業から始まった王寺商会は、あらゆる事業に発展していき、現在は王寺銀行・王寺商事・王寺重工業を中心とした巨大なグループへと成長を遂げた。

羽衣と姫川が所属しているこの王寺薬品工業も、もちろん王寺グループ傘下の組織である。

そんな王寺家との婚約を破棄することになるのだ。

とんでもなく大騒ぎになるに決まっている。

(ママもとんでもなく怒るんだろうな〜……)

小清水家の現当主である母は、普段は優しいが怒るとめちゃくちゃ怖い。

藤生との婚約を破棄すると言えば、おそらく死ぬほど怖い目に遭うことになるだろう。

二十七歳にもなって母親が怖いなんて情けないが、怖いものは怖いのだから仕方ない。

怒った母親を想像してブルッと背筋が震えたが、それを姫川に悟られるわけにはいかない。

羽衣はできるだけ明るい声を出した。

「あのね、大切なお兄ちゃんに『運命の番《つがい》』が現れたんだよ？　祝福しない妹なんていないでしょう？」

「運命の番《つがい》……」

「そうだよ、君と藤生さん。都市伝説って言われてるくらい稀《まれ》な現象なんだから！　そんな相手に巡り会えたことを、君はもっと喜んだ方がいいと思うわ」

運命の番《つがい》とは、アルファとオメガで、遺伝子的な相性の良さが百パーセントの相手のことだ。

この場合の相性とは生殖のことを指し、『運命の番《つがい》』のカップル間の生殖行為では、必ず妊娠する。その確率は百パーセントなのだというから驚愕だ。

だから子どもを望まない場合、避妊を確実にしなくてはならないのでなかなか厄介《やっかい》でもある。

実際に羽衣には五人の弟妹がいたりする。ちなみに上から妹が三人、皆オメガで、末が双子の弟で二人ともアルファだ。小清水の当主は代々オメガと決まっているので、妹たちのいずれかが母の後を継ぐことになる。小清水家のオメガから生まれる子どもはアルファである確率が高いのだが、なぜか当主だけは例外で、アルファ以外にもオメガがたくさん誕生するのだ。

遺伝子の妙、ということなのだろう。

そしてそれが小清水家が『女神胎』と呼ばれる所以《ゆえん》でもある。

「五千万人に一カップルくらいなんだよ、運命の番《つがい》の出現率って。奇跡だって思わない？」

喜べ、喜べ、と鼓舞《こぶ》してやったのに、なぜか姫川はさらに暗い顔になった。

「……そう、ですね。確かに、僕なんかに、藤生さんみたいな完璧な人が番《つがい》になってくれるなんて……奇跡でもなければ、無理ですよ……」

「え～～！　もうどうして君はそんなにネガティブなの～～！」

部下の辛気臭《しんきくさ》い表情に堪《たま》りかねて、羽衣は叫《さけ》びながら姫川のほっぺたをプニプニと摘まんでやる。すると姫川は「ひえっ、痛いです～」と情けない声を出したが、羽衣と目が合うと小さく噴《ふ》き出した。

「……室長の方が珍しいんですよ？　オメガでこんなにポジティブな人、僕初めて見ましたもん……」

「え～、うーん。オメガってことは、個人の性格と関係ないと思うけどなぁ～……」

一般的に、オメガは大人しく従順で消極的な性質の者が多い。

それはオメガがアルファやベータに比べて、体格が華奢《きゃしゃ》で虚弱《きょじゃく》に生まれるせいだと言われている。アルファの庇護《ひご》欲を擽《くすぐ》るためだとする説もあるが、母親という最強のオメガが身近にいる羽衣は首を捻《ひね》ってしまうところだ。

羽衣の父親はアルファだが、オメガの母に全てを牛耳《ぎゅうじ》られている。

母の尻に敷かれていることに、本人はいたく満足しているようなので何も言わないが、羽衣の家では支配者は完全にオメガである母だ。

「うちの母、オメガだけど女王様だよ？」

「それは小清水の当主様だからですよ……」

「うーん。オメガって括《くく》りでは、家柄とか関係ないと思うけどなぁ。まあ、ともあれ、うちの両親も運命の番同士《つがい》だって言ったでしょ？　だからもうそれはそれは夫婦仲良くてね。子どもとしてはちょっと鬱陶《うっとう》しいなって思うくらいだけど、でもやっぱり憧れではあるの。あんなふうに、強い絆《きずな》で結ばれた夫婦になりたいなって……。だから、藤生さんに『運命の番《つがい》』が見つかったっていうのは、心から嬉しいんだよ！」

だから気にしないで！　と言うと、姫川はようやく微笑《ほほえ》みを浮かべた。

「……ありがとう、ございます……」

「うんうん！　それに、本当に大変なのは私じゃなくて君でしょ！　これから王寺家に入らなくちゃいけないんだから……」

小さい頃から出入りしている羽衣から見ても、王寺家は格式を重んじる家だと思う。

（うちと比べると、やっぱり息苦しいなぁって思っちゃうものねぇ……）

小清水家も同じくらい格式ばっていたのだが、当主である母がフランクさを好むせいで、最近はずいぶんと柔らかくなったのだ。

姫川の両親は共にベータで、彼は突然変異的に生まれたオメガだ。実家も一般的な家庭だから、王寺のような家に入るのは相当に苦労が多いだろう。

心配になってしまう羽衣とは裏腹に、姫川は意外にも明るい表情だった。

「……はい。僕なんかが受け入れてもらえるか分かりませんが、藤生さんと一緒に生きていくって決めたから、頑張ります！」

決意に満ちたその目を見て、羽衣は心の中でホッと胸を撫《な》で下ろす。

姫川は優秀な研究者だし容姿も驚くほど美しいのに、なぜかいつも自信がなく控え目な性格だ。こんな姫川が、あの剛《ごう》の者ばかりの王寺家に入っていけるのだろうかと、密《ひそ》かに不安に思っていたのだが、今の彼を見て少し安心できた。

（……藤生さんと強い愛情で結ばれているからだよね）

これが運命の番《つがい》の絆というやつだろうか。

逞《たくま》しく成長した姫川に頼もしさを覚えると同時に、羨望《せんぼう》が胸に込み上げる。

（……いいなぁ。好きな人に、愛してもらえて……）

昔から、愛し愛されるという関係に、強い憧れを抱いてきた。

運命の番《つがい》同士である両親を見てきたせいもあるのだろう。

あんなふうに、激しく惹《ひ》かれる相手に同じくらいの強さで愛し返してもらえたら、どんなに幸せだろうか。

脳裏によぎるのは、懐かしい少年の柔らかい微笑みだ。

『羽衣』

澄んだボーイソプラノが耳に心地好くて、彼に名前を呼ばれるのが好きだった。

『羽衣はきれいだよ。一番きれいで、一番好きな子』

（……本当？　きーちゃん。あの頃、本当に、私を好きでいてくれた？）

懐かしい幼馴染《おさなな じ》みの少年を想い出し、羽衣は一瞬瞼《まぶた》を閉じる。

桐哉《きりや》は藤生の二つ下の弟で、羽衣は王寺家のこの兄弟と一緒に育った。

物心ついた時には、六つ上の藤生はすでに小学校の高学年で、羽衣と遊ぶには年が離れすぎていた。

代わりに遊んでくれたのは、四つ上の桐哉だった。

桐哉は優しいけれどぶっきらぼうで、たまに泣かされることもあったけれど、最後には「仕方ない奴だなぁ！」と言いながらも羽衣の言うことを聞いてくれた。

だから羽衣も桐哉が大好きで、ひよこのように後をついて回ったものだ。

（……私の初恋は、桐哉くんだったのに……）

ぶっきらぼうで、すぐ怒って、でも優しい桐哉に恋をしたのはいつだっただろうか。

（……きっと、最初から恋をしていたのに）

うんと小さい頃から一緒にいすぎて、それが恋だと自覚したのは彼に別れを告げられた後だった。

『さよならだ。羽衣』

霧雨《きりさめ》のけぶる王寺家の庭で、学生服を着た桐哉が言った。

桐哉が全寮制のイギリスの高校に入ることになったと知らされた時、桐哉は十五歳、羽衣は十一歳だった。

発育の遅い子どもだった羽衣とは真逆に、早い成長期を終えた桐哉はすでに大人の男性と変わらない体格をしていて、二人で歩いていると親子に間違われるほどだった。

見た目が大人になったとはいえ、羽衣にとって桐哉は桐哉だった。何も考えずに彼に纏わりついていたのだ。

桐哉の方も、思春期の少年らしく少し寡黙《かもく》になってはいたけれど、これまでと変わらず羽衣を受け入れてくれていた。

桐哉は優しい。ぶっきらぼうだけど、人を傷つけたくないと思っている、心の柔らかい人なのだ。だから、羽衣は気づかなかった。

本当は、桐哉は羽衣を疎《うと》ましく思っていたことを。

イギリスへ行ってしまうという桐哉に、羽衣は行かないでと哀願《あいがん》した。泣いて縋《すが》って、離れたくないのだと必死で訴えた。

それまで桐哉は、羽衣が泣いて訴えれば大抵のお願いを聞いてくれた。

『仕方ない奴だな』

と苦く笑いながら、大きな手でくしゃくしゃと頭を撫でてくれると思っていたのに、桐哉はそうしなかった。

ただ黙って首を横に振ったのだ。

『お前のお守《も》りはもうたくさんだ。お前の番《つがい》は兄さんだろう。これからは兄さんに面倒を見てもらえ』

冷たい言葉に、羽衣はその場に凍りついた。

そんなふうに桐哉から拒絶されたのは、初めてだった。

自分が藤生の婚約者であることは知っていたけれど、藤生と結婚したとしても、桐哉はずっと自分の傍《そば》にいてくれるものだと、漠然と信じていたのだ。

（……今思えば、本当に傲慢《ごうまん》だったのよね、私……）

幼い頃、王寺家の次期当主の番《つがい》となるオメガとして大事にされ、甘やかされてきたせいで、全てが自分の思いどおりに動いてくれるのだと思っていたのだ。

桐哉は兄の番《つがい》となるオメガだから、羽衣に優しくしていただけだ。

『藤生の番《つがい》』という他に、自分に価値などなかった。厚顔無恥《こうがんむち》とはこのことだろう。

桐哉がどれほど我慢をしていたかを想像すると、今でも胸が軋《きし》む。彼の優しさに胡座《あぐら》をかいていた自分が恥ずかしくて、我慢をさせていたことが申し訳なくて、穴を掘って入りたくなるくらいだ。

そんな情けない自分を変えたくて、羽衣は自己研鑽《けんさん》に励《はげ》んだ。

勉強も運動も人一倍頑張ったし、常に他者を慮るように努力した。何より、自分がどういう人間になりたいのかを、熟慮《じゅくりょ》するようになった。

「小清水のオメガ」としてでも、「藤生の番《つがい》」としてでもない、ただの小清水羽衣という人間としての価値を作るために。

――いつか帰ってくるだろう、桐哉に見直してもらえるように。

物心ついた時には、羽衣は桐哉に纏わりついていた。桐哉の傍が安心したし、居心地が良かった。それは桐哉を家族のように感じているからだと思っていたが、そうではなかった。

桐哉が自分にとって「特別」な人だったからなのだ。

皮肉なことに、それに気づいたのは桐哉がいなくなってからだった。

羽衣の哀願を跳ね除け、桐哉はイギリスに発っていった。

桐哉のいない生活に、羽衣は驚くほどの消失感を覚えた。泣けば涙を拭いてくれて、笑えば一緒に微笑んでくれる――誰よりも近しい温もりを失って、死にたくなるほど寂しかった。

寂しくて、桐哉が恋しくて、けれど拒絶されたことを思い出して苦しくて、ずっと泣いていた気がする。ひと月近く何も食べられなくなったほどだ。心配した両親が無理やり食べさせても全て戻してしまい、最終的には入院を余儀なくされてしまった。

病院のベッドでぼーっとしていると、いつの間にか藤生がやって来ていて、困ったように微笑んで言った。

『桐哉が好きなんだね、羽衣』

指摘されて、ようやく気づいた。

自分が桐哉に恋をしていたのだと。

(ああ、私、きーちゃんが好きだったんだ……恋を、していたんだ)

だから彼を失って、こんなに苦しくて、悲しいのだ。

ボロボロと泣き始める羽衣に、藤生がため息をついて頭を撫でてくれた。

『……可哀想に。ごめんよ。僕には君を婚約者の座から解放してあげる力がない……』

そう謝る藤生に、羽衣はフルフルと首を横に振った。

『……もう、終わってしまったから。きーちゃんは、私のお守りはもうたくさんだって言ったの。きーちゃんは、私がふーちゃんの番《つがい》になるオメガだから、仕方なく面倒を見てくれてたんだよ』

すると藤生は目を丸くして「そんなことはない」と否定しようとしたが、羽衣はもう一度頭《かぶり》を振った。

『ううん。振り返ってみれば、私、ずっときーちゃんにワガママばっかり言ってたもの。好きになってもらえなくて、当たり前だよ……』

自嘲《じちょう》をこぼしながらも、羽衣はぐいっと涙を拭った。

『私、もっとちゃんとする。素敵《すてき》な人間になって、きーちゃんに謝るんだ。これまでワガママばっかりで、うんざりさせてごめんなさいって！ ……じゃないと、尊敬するお兄さんの妻として認めてもらえないでしょう？』

子どもだった羽衣にも、王寺家と小清水家の政略結婚を覆すことはできないと分かっていた。

藤生と自分の婚約は、絶対だ。

もとより叶うはずのない初恋だったのだ。

そう思ってきたのに――。

（まさか藤生さんに、運命の番《つがい》が現れてしまうなんてね……）

運命の番《つがい》は、互いに絶対の存在だ。心も身体も惹かれ合い、引き離せばアルファは狂い、オメガは衰弱死するという。

出会う確率は奇跡に近いと言われているが、実際に小清水家の当主――羽衣の両親が存在している。

父はアルファだったが名家の出身ではなく、小清水のオメガとして生まれた母は父との結婚を当然のように大反対された。

最終的には強引に引き裂かれる形で別れさせられたのだが、その数週間後に母が衰弱して死にかけたのだ。同時期に父も狂人と化して暴れちぎっていたそうで、貴重な『女神胎』を失うくらいなら、と父との結婚を許可されたそうだ。

この経験談があるため、小清水家と王寺家では運命の番《つがい》に対する理解が深い。

藤生に運命の番《つがい》が現れたのなら、羽衣との婚約は仕方なしとはいえ、破棄の方向に進むはずだ。

（……とはいえ、混乱は不可避よねぇ……）

起こるべく騒動を思って、羽衣はうんざりとしながら姫川を見た。

「……今夜だったよね。王寺のご当主様のところに報告に行くの」

つまり、藤生の父に『運命の番《つがい》』を見つけたと、姫川を紹介しに行くわけだ。

「はい。藤生さんと一緒に伺う予定です」

緊張した面持ちで頷《うなず》く姫川に、羽衣は両手を拳《こぶし》にして気合いのポーズをしてみせる。

「ご当主様、ちょっと強面《こわもて》だけど、話の分からない人じゃないから！」

「はい。藤生さんもニコニコしながら『大丈夫だよ、問題ないから』と言っていたんで……」

「そ、そっか……！　じゃあ大丈夫だよ……！」

（問題ない……？　藤生さーん？）

政略結婚の破棄になるのだから、問題がないはずはないのだが。

慎重な藤生にしては適当すぎる請け負い方をしたものだ、と心の中で首を捻りながらも、羽衣は姫川に「頑張って！」とエールを送ったのだった。

＊＊＊

データを打ち込み終えた羽衣は、グッと背伸びをしてからモニターの画面に映された時刻を確認した。

十八時。就業を終えて、帰宅の準備をする時間である。

「よし。今日もジャスト。私、完璧すぎる！」

室長としてできるだけ残業をしないようにしているので、すぐにパソコンをシャットダウンしながら息を吸い込む。

「はい、十八時です〜！　皆様、今日もお疲れ様でした！」

大きめに声がけすると、それを合図に研究員たちが顕微鏡から顔を上げたり、伸びをしたりし始めた。この研究室の職員は没頭しがちの人が集まっているらしく、こうして終業の声がけをしないと時間に気づかない者がいるのだ。

「残業する予定の人は報告してね。私は今日も定時で帰りますけどね！」

独り言としては大きい声で言っていると、後ろの方から「知ってまーす」と合いの手が聞こえてきて、皆がドッと笑った。

笑いがあるのは良い職場の証拠だ。

羽衣は満足しつつ、「じゃ、早速《さっそく》帰りますよ！　お疲れ様〜！」と颯爽《さっそう》と席を立つ。

「室長、早すぎ！」

「さすがっす」

などという声を聞きながら、姫川の後ろを通る時、激励の意味でポンと背中を叩《たた》いてやる。

（頑張ってね！）

声には出さなかったが、姫川には伝わったようで、こちらを振り返って微笑んでくれた。

それに小さく拳を突き出してから、羽衣は研究室を出た。

（はぁ、今日もよく働いた……！　ラットの治験結果は出てたけど、やっぱりデータが足りないよね……。そういえばアトラントル製薬の研究員が出してたフェロモン研究の論文、チラッと見ただけだったけど、結構面白かったな。今夜ちゃんと読んでみよう）

頭の中で今夜の予定を組み立てていると、お腹がグゥと音を立てる。

仕事をしている間は気がつかないのに、終わった途端空腹感が湧いてくるから、羽衣もまた没頭しやすい研究者体質と言えるのかもしれない。

「まずは、腹ごしらえだよね。今夜は何食べようかなぁ」

羽衣は就職を機に実家を出て一人暮らしをしている。

実家から通うこともできたが、それでは自立した大人とは言えないな、と自分で危機を感じたため、自ら家を出たのだ。母には反対されるかと思ったが、意外にも「結婚するまでは羽を伸ばしていいんじゃない？」と二つ返事で承諾してくれた。

王寺家に嫁げば、実家にいる時よりもさらに自由がなくなることを知っていたからだろう。

住む所はセキュリティのしっかりしたオメガ専用マンションと限定されたものの、基本的に実家からの介入のない自由な生活を送らせてもらっている。

（……自立とか偉そうに言っちゃって、ご飯はもっぱら外食ですけどね……）

一人暮らしをしてみて分かったのだが、掃除や洗濯に問題はないのだが、自分には炊事の才能がないらしい。

これでも理系の大学を出て研究職に就いている人間だ。料理は化学というし、きっと自分にもできると思ったのだが、これがなかなかどうして。まともな食べ物に仕上がった試しがない。カレーを失敗したのを最後に、羽衣は自炊を諦めた。こんなダークマターを作るために材料費や光熱費を使うなら、同じお金を出して他人の作ってくれた美味しいものを食べる方がよほど有意義である。議論の余地はない。

「よし、今日はパスタにしよう！」

通勤途中にあるビルの一階に、新しいイタリアン料理のお店ができていたのだ。オシャレな雰囲気《ふんいき》だったし、一度入ってみたいと思っていた。

「アラビアータ、あるかなぁ」

羽衣は辛《から》いトマトソースが大好きである。

ウキウキとエレベーターを降りて研究所のエントランスに出た所で、「羽衣」と名前を呼ばれた。

（――？）

ドクン、と心臓が鳴った。

誰だろう。羽衣は職場では「小清水さん」と苗字で呼ばれていて、名前で呼ぶ人はここにはいないはずだ。

いやそれよりも、自分の名を呼ぶ低い声に、妙に胸がざわついた。

(聞いたことのない声……なのに、私、この声を知ってる……？)

自分でも得体の知れない感覚に戸惑いながら、羽衣は周囲に視線を彷徨《さまよ》わせる。

呼んだのは誰なのだろうか。それとも空耳だったのだろうか。

「羽衣」

もう一度先ほどの声が聞こえて、目の前にヌッと大柄な男性が現れた。

「……っ」

息を呑《の》んだ。

男は長身だった。百九十センチはありそうで、百六十センチの羽衣が顎《おとがい》を反らさなければ顔が見えないほどだ。

見上げた視線の先にあるのは、精悍《せいかん》な美貌だ。

凛々《りり》しい眉、高い鼻に、男らしい輪郭、やや薄いが形の良い唇。そして何より印象的なのが目だ。黒々とした瞳は黒曜《こくよう》石のような光があり、思わず目が吸い寄せられてしまうような引力があった。

この目を知っていた。

(……昔よりずっと逞しくなってるけど……、目は、同じだ……)

深く何よりも濃い黒色には、優しい光が宿っている。

ぶっきらぼうな彼は、表情は不機嫌そうでも、その目はいつだって温かかった。

ずっと会いたかった人だ。子どもの頃にいなくなってしまってからずっと、羽衣は彼に会うことを心の奥でずっと待ち望んでいた。

「……きー、ちゃん……」

大人になった桐哉が、目の前に立っていた。

(嘘《うそ》、でしょう……?)

桐哉は高校でイギリスに留学した後、大学も向こうの学校を選び、卒業後もグループのロンドン支部に勤務している。幾度もあった長期休暇にも帰国せず、ご両親が仕事ついでに会いに行っていると聞いていた。藤生も何度か会いに行っていたはずだ。

だから羽衣が彼と会うのは十年以上ぶりになる。

(……っ、私ったら、十年も会っていなかった人に、「きーちゃん」なんて馴《な》れ馴れしい呼び方を……!)

ただでさえ、彼は自分のことを疎ましく思っていたのだ。きっと不愉快に感じるだろう。

十六年前のあの別れの日、彼に言われたセリフを思い出し、羽衣の胸がギュッと縮んだ。大好きな人からの拒絶は、とても痛いし悲しかった。

またあの時みたいに拒絶されたら、立ち直るには時間がかかりそうだ。

遅ればせながら慌てて口元を押さえたが、桐哉の耳にはしっかり届いてしまっていたようだ。器用に片方の眉をクイと上げると、面白そうに目を細めた。

「……懐かしいな、その呼び方」

耳に響く低音の美声に、羽衣は背筋が戦慄《わなな》きそうになる。昔の呼び名に反応され、目の前にいる人が本当に桐哉なのだと実感すると、声を聞くだけでも身体が震えるほど嬉しかった。

「あっ、ご、ごめんなさい、つい……！　き、桐哉さん、どうしてここに……？」

焦って言い直すと、桐哉は少し奇妙そうに眉間に皺《しわ》を寄せる。

「桐哉さん……？」

「ええと、その、ふーちゃんのことも、今は『藤生さん』って呼んでいるし……」

王寺家はそういうことにも厳しい家だ。実のところ、羽衣が高校生の時に、王寺家の奥様に嗜《たしな》められたのがきっかけだったりする。

桐哉は「ふぅん」と曖昧《あいまい》に相槌《あいづち》を打った。

「意外だな。兄さんがそうしろって？」

「違います。自分でそうしようと思っただけだよ。二十七歳にもなって、婚約者のことを『ふーちゃん』呼びは恥ずかしいでしょう？」

確かに藤生なら呼び方なんぞ気にしない。鋭《するど》い指摘に焦りながら答えると、桐哉はフンと鼻を鳴らした。

「俺は別に恥ずかしくない」

「え」

「桐哉さん、はやめろ。別人に呼ばれてるみたいで気持ちが悪い」

（き、気持ち悪い……？）

そんなふうに言わなくても、と密かにショックを受けてしまったが、もとより彼には疎まれていたのだから仕方ない。

（久しぶりに会ったのに、こうして普通に喋《しゃべ》ってくれるだけでも嬉しいんだから……）

贅沢《ぜいたく》を言ってはいけないというものだ。

「じゃあ、桐哉くんって呼びます」

さすがにこの年で「きーちゃん」と呼ぶのは恥ずかしい。妥協案として言った呼び名に、桐哉は少し不満そうな表情になったが、「まあいい」とすぐに話題を切り替えた。

「とりあえず、一緒に来い」

クイと顎で外を示され、羽衣は頷きつつも首を傾《かし》げる。

「あの、王寺の家で何かあったんですか？」

今日は藤生と姫川が王寺家のご当主様に『運命の番《つがい》』を見つけたことを報告する日だ。だから騒動が勃発するのは決定しているが、まだ二人は報告に行っていない時間のはずだ。

（十年以上外国に行ったままだった桐哉くんが帰国して、しかもわざわざ私のところに現れるなんて……）

再会できた喜びにすっかり冷静さを欠いていたが、落ち着いて考えてみればイレギュラーなことばかりだ。王寺家に何か起きたと考えるのが自然だろう。

羽衣の質問に、前を歩いていた桐哉はチラリとこちらを振り返った。

そこに浮かんでいるのは、怪訝《けげん》そうな表情だ。

「……お前、聞いてないのか？」

「えっ？」

まさか藤生の『運命の番《つがい》』の話がどこかから漏《も》れているのだろうか。

内心ギクリとしつつも素知《そし》らぬふりをして「何をですか？」と訊《き》き返してみると、桐哉がその美しい黒曜石の目を軽く眇《すが》める。

「嘘が下手《へた》なところは、相変わらずのようだな」

羽衣は心の中で盛大に「ヤバい」と焦った。

（そうだった……。きーちゃんには、嘘が通用しないんだった……！）

ワガママお姫様だった羽衣は、よく泣き真似《まね》をしてその場をやり過ごそうとすることがあった。今から思えば本当に性悪な子どもである。だが羽衣が泣くと、周りの大人は皆言うことを聞いてくれたので、調子に乗っていたのだ。

だがその嘘泣きは、桐哉にだけはいつも見破られた。

『嘘泣きする奴とは遊ばない』

とすげなく返されて、慌てて謝ったものだ。

「……嘘なんて……」

「お前は嘘をつく時、右の口角だけ少し上がるんだよ。ほんの少しだけどな」

（そ、そんな癖《くせ》があったのか私……！）

自分でも気づいていない癖に仰天してしまう。

おまけに少しだけ右の口角が上がるとか、癖にしても細かすぎやしないか。

あばばばば、と狼狽《ろうばい》して黙っていると、桐哉がやれやれと肩をすくめる。

「兄さんが『運命の番《つがい》』を見つけたことを、お前はもう知っているんだろう？」

ため息交じりに訊かれて、羽衣は目を剥《む》いた。

「どうして、そのことを知っているんですか⁉」

「どうしてって……」

「藤生さんは、今日、姫川くんとご当主様に報告するって言ってたのに！」

情報がどこかで漏れていたのなら、いろいろ面倒なことが起きかねない。

（王寺と小清水の繋《つな》がりを維持したい連中が、二人の結婚を阻止するために動くかもしれない……！）

王寺ほどではないが、小清水もいくつかの会社を経営しており、そこそこの資産家である。

どちらかといえば所有している不動産からの収入が大きいとはいえ、経済界にはそれなりの影響力を持っている。大きな力の下には、そこに寄生するようにして利潤を得る集団が存在する。王寺と小清水が縁続きになることで得をする者がいるというわけだ。

その連中に良からぬ動きをされ、藤生と姫川が引き離されたりしたら、あとはもう悲劇しか起きない。

羽衣にとって藤生は大切な兄同然の人だし、姫川も可愛い部下だ。その二人が狂ったり死んだりするなんて、想像すらしたくない。

「二人には、絶対に幸せになってほしいのに！」

顔色を変えた羽衣に、桐哉は一瞬驚いたような顔をしたが、すぐに真顔になった。

「……それは二人で報告するのが今夜、ということだったんじゃないのか？」

「え？」

「両親はすでに兄さんから報告を受けてる。だから俺が帰国したんだ」

「……ええっ!?」

どういうことなのかすぐには呑み込めず、羽衣は混乱のままに目を白黒させる。

(王寺のご当主と奥様はすでにご存じ!? ってことは、今夜の報告って!? え、待って、だから桐哉くんが帰ってきたってどういう意味？)

頭の中を情報がグルグルと巡って混乱を極める羽衣を尻目に、エントランスを出た桐哉は手を挙げて何かの合図を送っている。するとどこからともなく大きな車がスッと横付けされた。ぴかぴかと車体の光る一目で高級車と分かる長い車は、王寺家の車だ。羽衣も何度か乗ったことがある。

運転席から制服を着た運転手が降りてきて、サッと後部座席のドアを開いた。

桐哉は運転手に一度頷くと、羽衣を振り返る。

「ほら。乗れ」

誰かに命令するのに慣れている口調だ。尊大なはずなのに、そこに不快感がないのはなぜだろうか。

(なんか、ずるいよね。きーちゃんは……)

思えば昔から、桐哉はぶっきらぼうで無口なせいで、偉そうな少年だった。

羽衣は少しだけ唇を尖らせたものの、すぐに彼に言われたとおりに車に乗り込んだ。

桐哉が偉そうなのに周囲からそれを許されていたのは、彼が他者に理不尽なことを絶対にしなかったからだ。他を慮ることのできる器《うつわ》が、少年の時にすでに備わっていた人なのだ。

(この人も、まさに王寺家のアルファ、ってことなんだろうなぁ……)

藤生も上に立つ者に相応《ふさわ》しい人格者だが、その弟である桐哉もまた王の器である。

そんなことを考えていると、ドスッと隣の座席に桐哉が乗り込み、ドアが閉まった。

運転手が運転席に戻り、静かに車が動き出す。

さすが高級車というべきか、エンジン音がほとんどしない車内に沈黙が落ちた。

静けさは人に安寧《あんねい》をもたらす場合もあるが、その真逆もある。今回は後者だ。

(な、何を話そう……)

先ほどまで喋っていたものの、ほとんどが状況説明のための会話だったし、改めて話すことが何もない。なにしろ、初恋の人であり、自分を疎んでいた人なのだ。ずっと会いたいと思い続けていたけれど、いざ本人を目の前にするとどうしていいか分からない。

これは困った、と羽衣は窓の外の景色に視線を彷徨わせた。

だがその途端、桐哉の声が車の中に響いた。

「確認なんだが」

「えっ！　は、はい！」

急に声をかけられ、驚いた猫のようにビッと背筋を伸ばしてしまう。

桐哉はそれを横目で見た後、小さくため息をついてまた前を見た。

「……お前は兄さんに運命の番《つがい》が現れたことを知っているんだよな？」

「え、あ、はい。知っています。相手は私の部下で、藤生さんに彼を紹介したのは私ですから」

するとし桐哉はギョッとした表情でこちらをまじまじと見てくる。

「婚約者に部下を紹介？　しかもその部下に婚約者を取られたということか？　……なんでそんな珍妙なことに……」

その言い草に苦笑が込み上げたが、おおむね合っているので否定できない。

藤生と夕食の約束をしていたのに仕事が終わらず、結局一時間ほど残業となったのだが、その時に手伝ってくれたのが姫川だったのだ。お詫《わ》びとお礼を兼ねて夕食をご馳走することになり、帰ろうと研究所を出た所で藤生が迎えに来てくれていて、流れで三人でご飯を食べることになった、というわけだ。

「取られたっていう表現は適切ではない気がします。なにしろ、運命の番《つがい》ですから。不可抗力ですよ」

軽く肩を上げれば、桐哉は黙ったままこちらを見つめてきた。

「では、お前は兄さんとの婚約破棄に異《い》を唱えない、ということだな？」

「はい。それはもちろん」

二人のことを応援しているし、そもそも藤生との婚約は政略で、羽衣が望んだものではない。異を唱える必要はどこにもないのだ。

だから逡巡せずに即答したのに、桐哉はもう一度確認してくる。

「いいんだな？」

そう訊《たず》ねる桐哉の視線が、突き刺さるほど鋭い。どうしてこんな眼差《まなざ》しで見てくるのか分からず、少々狼狽しつつも羽衣は繰り返して頷いた。

「はい」

「――よし。言質《げんち》は取ったぞ」

「え」

不穏な発言にギョッとなった。今自分はなんの言質を取られたのだろうか。

「ま、待ってください！　言質って、どういうことです？」

何かヤバめのことを承諾してしまったのだろうかと焦っていると、桐哉がニヤリと不敵な微笑みを浮かべる。

その表情があまりに艶《あで》やかで美しく、羽衣は目を奪われた。

傲岸不遜《ごうがんふそん》、という四字熟語がピッタリとくるような、王者の微笑みだった。

「今から俺が、お前の婚約者だ、羽衣」

言い放たれたセリフに、頭の中が真っ白になる。

（いまからおれがおまえのこんやくしゃだ……？　コンヤクシャ……ってなんだっけ？　コンヤク……コンニャク？　蒟蒻《こんにゃく》は美味しい……）

パニックを通り越して、頭の中で連想ゲームを始めてしまったが、いやそうじゃない。パニクっている場合ではない。

「え……え、えええええ～～～!!」

羽衣が盛大な悲鳴をあげ、桐哉が不敵な笑顔を浮かべる中を、王寺家の高級車は静かに安全運転で走り続けたのだった。

第二章　捨てるアルファあれば、拾うアルファあり。

パタ、パタ、と扇子《せんす》がしなる微《かす》かな音が部屋に響く。

大きなゴツい渋扇《しぶせん》を白い手で優雅に扇《あお》いでいるのは、艶《あで》やかな黒髪を美しく結い上げた妖艶《ようえん》な美女だ。細いけれど出るところはしっかりと出た体躯《たいく》はしなやかで、そのボディラインをピッタリと覆《おお》うようなグレーの絹のドレスを着て、ソファにゆったりと腰掛けている。瞬《まばた》きをするたびに長く濃いまつ毛が揺れ、その目元の黒い黒子《ほくろ》に影を落とした。

どう見ても二十代、もしくは三十代にしか見えないほど若々しい美貌だが、なんと五十路間近の四十九歳。

小清水夜月《こしみずよづき》。現小清水家当主であり、羽衣《うい》の母親である。

(我が親ながら驚異的すぎて、多分狐狸《こり》妖怪の類《たぐい》だと疑ってるけどね……)

その狐《きつね》の化けた美女の隣に座り、「夜月、皮が剥《む》けたよ」と手ずから皮を剥いた甘夏を差し出しているのは、羽衣の父親である小清水朔太郎《さくたろう》だ。もうその状況が物語っているとおり、アルファだというのにオメガの母の尻に敷かれているが、本人は非常に幸せそうなので問題はないのだろう。

今羽衣は小清水の実家へやって来ていた。

というのも、両親に文句を言うためだった。

桐哉《きりや》との衝撃の再会の後、羽衣は混乱のままに王寺《おうじ》家に連れて行かれた。

そこにはすでに王寺の両親の他、羽衣の両親、そして藤生《ふじお》が揃《そろ》っていて、桐哉と羽衣がやって来たのを見て、全員にこやかに拍手を始めたのだ。

「何事!?」と困惑する羽衣をよそに、羽衣の母が「ほらね？　ご心配なさるようなことはございませんでしょう？」と意味深《いみしん》な発言をし、それに王寺の両親がうんうんと首肯していた。

何がどうなっているのかさっぱり分からないうちに、羽衣の婚約者が藤生《ふじお》から桐哉に代わり、ついでに王寺家の次期当主も藤生から桐哉に変更されたことを聞かされたのだ。

両家合わせたこの秘密の会合は、始終和《なご》やかに進み、皆笑顔で解散となった。

——無論、羽衣を除いて。

結局羽衣は一人暮らしのマンションには帰らず、両親にくっついて実家に戻り、現在に至るというわけだ。

「どういうこと？　婚約者の変更、ママが勝手に了承したって聞いたけど！」

憤慨《ふんがい》して訊《き》く娘に、母は不思議そうに首を傾《かし》げた。

「あら、だって別に羽衣ちゃんの承諾は要《い》らないもの。これは家と家の政略結婚なんだから」

「うぐっ……」

正論を返されて、羽衣はグッと言葉に詰まる。

確かに政略結婚なのだから、家と家が互いに承諾すれば、羽衣が何を言おうが関係はない。

そもそも藤生との婚約もそうやって決定されたのである。

「で、でも、事前に相談くらいしてくれても良かったんじゃない⁉　結婚するのは当人であるこの私なんだから！」

それでも腹立ちが収まらず食ってかかると、母は美しい目を閉じて、パチンと音を立てて扇を閉じた。

「羽衣ちゃん。それはちゃんと報連相《ほうれんそう》ができている人間の言い分だわね」

「え……」

母の冷ややかな声に、ギクリと肝《きも》が冷える。何度も言うが、この美しい母は、普段は温厚だが怒るとものすごく怖い。できれば怒らせたくはない。

「あなた、藤生くんに運命の番《つがい》が見つかったって、ずいぶん前から知っていたそうじゃないの」

「うっ……、は、はい……」

「そんな一大事を、なぜママに伝えなかったの？　小清水と王寺の家の縁談が潰れるかもしれないという話なんだから、当主であるママに報告があって当然なんじゃないかしら？」

「うっ……は、はい……」

反論の余地のない正論である。

母の口調はゆったりと穏やかだ。しかしそこに冷え冷えとした怒りが滲《にじ》んでいるのを感じ取って、羽衣は思わず姿勢を正した。つい先ほどまでの怒りの炎の勢いは、母の冷や水によってあっという間に鎮火されてしまった。

「これでママが何も知らされないまま、王寺家から婚約破棄を言い渡されていたとしたら、あなた、別の家のアルファともう一度婚約しなくちゃいけなくなっていたのよ？　しかも婚約破棄された娘は、傷物と見做《みな》されるわ。まともな縁談が来るわけがないじゃない。きっとモラハラ・セクハラは当たり前、男尊女卑で、オメガ差別主義のゴミみたいなアルファに嫁ぐことになっていたわねぇ」

「……」

母の並べ立てる最悪な未来に、羽衣は青ざめて言葉を失う。

確かに藤生との婚約が破棄されれば、別の男性と再び婚約することになるだろうとは思っていた。だが自分が『傷物』扱いされるとは思っていなかった。相手に運命の番《つがい》が現れた結果の婚約破棄であり、誰にも非がないことだからだ。

（……それでも婚約破棄されたい事実は変わらない）

難癖をつけたい人間はどこにでもいる。まして小清水家はオメガの名家だ。

オメガ蔑視《べっし》することで自分たちの優位性を見出したい連中には、傷物となった羽衣は格好の餌食《えじき》に見えるだろう。

母がそんな連中に羽衣を売るとは思えないが、少なくとも王寺家以上の縁談は望めなくなったはずだ。

「王寺のご当主から事情を聞いて、婚約破棄の打診が来た時は、驚きのあまり変な悲鳴をあげてしまったわ」

「夜月の悲鳴は変じゃないよ。まるで極上の楽器のような音だった」

「んふ、ありがと、朔太郎」

父からのどうでもいい合いの手に鷹揚《おうよう》に微笑《ほほえ》んで応じた後、母はチロリと娘に視線を投げる。

「――とはいえ、うちにはなんの落ち度もない婚約破棄よ。向こうが、小清水の『女神胎《めがみばら》』を得られないだけ。でも王寺側も運命の番《つがい》を得たのだもの。後継者には優秀なアルファがわんさか生まれるでしょうね！　得をするくらいよ。うちの娘だけが泥を被るなんて、小清水の当主として許せるわけがない！　だから言ってやったのよ。次期当主を変更していただきたいってね」

「えっ!?　藤生さんが次期当主を降ろされたの、ママのせいだったの!?」

てっきり王寺家で決めたことかと思っていたのに、まさかの母の要求だったとは。

(アルファの名家に次期当主交代を迫るとか……うちのママどんだけ妖怪なのよ!?)

最強すぎるだろう、とその規格外っぷりに慄《おのの》いていると、母はバラバラバラ、と音を立てて渋扇を開く。人間国宝が作ったとかいう一尺《しゃく》——三十センチもの大きさのある扇子は、女性の母が持つにはかなり大きい。なのに不思議と似合って見えるのは、母のこの覇気《はき》ともいえる雰囲気《ふんいき》のせいなのだろう。

「ママがあなたを添わせると決めたのは、『王寺家の次期当主となるアルファ』。藤生くんに他の相手ができたなら、次期当主を別のアルファにすればいいだけの話。ちょうど都合よく、王寺の直系にもう一人優秀なアルファがいるじゃない。桐哉くんを次期当主に据えれば、あら不思議！　あなたは傷物にならなくて済むというわけ！」

「ひ、ひぇ……」

かなりの暴論だが、筋は通っている。

「そ、それ、王寺のご当主は何も言わなかったの……？」

普通に考えれば、自分の家の当主問題に他家が首を突っ込んでくるなんて、とんでもない話だと思われるだろう。王寺のご当主は小清水にとても好意的だったが、それは縁談がうまくいっていたからである。母の提案に激怒されたのではないだろうか、と思ったのだが、それは杞憂だったらしい。

「ぜーんぜん。というか、そもそも最初から向こうもそのおつもりだったようよ。なんでも、藤生くん自らが次期当主辞退を申し出たんだとか」

「ああ、なるほど。そうだったのね……」

藤生なら言いそうなことだ、と羽衣は安堵と寂しさを同時に感じた。優秀なだけでなく篤実《とくじつ》な人柄の藤生は、きっと素晴《すば》らしい当主になっただろう。本人だって、口には出さなかったけれど、良い当主になるために努力していたに違いないのだ。

「――まあ、そういうわけで両家にとって最善策としての、今回の婚約者交代だったわけ。藤生くんは運命の番《つがい》と結婚できる上に誰も傷つかないし、両家の縁も保たれる。これ以上はない結末だとは思わない？」

にっこりと艶やかに笑いながら訊《たず》ねられ、羽衣はこくこくとおもちゃのように首肯した。

「それで、あなたは『当人である私に相談してほしかった』ですって？　あらあら。そもそも報連相のできないおばかさんに、お気持ちを慮《おもんぱか》ってもらえる権利はないわよねぇ？」

「ないです！　私が間違っていましたぁ！　ごめんなさい！」

全面的に非を認めて謝れば、母は「よろしい」と頷《うなず》いて、父の差し出す甘夏を口に含む。

母は話はこれで終わりとばかりに父とイチャイチャし始めたので、羽衣は居《い》た堪《たま》れない気持ちにさせられたが、まだ訊いておかねばならないことがあった。

「えーと、それで、その……」

「なあに？　まだ何かあるの？」

そんなに邪険にしなくとも、と苦笑いが漏《も》れるが、運命の番《つがい》同士であるこの両親は昔からこうなのでもう気にならない。

「桐哉くんは、私との婚約、嫌がってなかったの？」

訊きたいのはそのことだった。

藤生は当主交代にも婚約破棄にも納得しているだろう。代わりに姫川《ひめかわ》を得られるのだ。日頃彼が自分の番《つがい》をどれほど愛し大事にしているか、見て知っているから断言できる。藤生にとって姫川以上に大切なものはない。

(――でも、桐哉くんは？)

昔、桐哉は羽衣を疎《うと》んでいた。彼が頑《かたく》なに日本に帰ってこなかったのは、自分に会いたくないせいなのではないかと思っていたくらいだ。

だから羽衣の婚約は、彼の本意ではないはずだ。

それでも、彼はぶっきらぼうだが優しい人だ。それに兄である藤生をとても尊敬していた。

（……きっと桐哉くんは、藤生さんのために、私との婚約を受け入れたんだわ）

兄のため、家のために、好きでもない——それどころか嫌いな女性との結婚を承諾するなんて、あまりにも桐哉が不憫《ふびん》すぎる。

娘の問いに、母は柳眉《りゅうび》を吊《つ》り上げた。

「さぁ？　そんなことは本人に訊いてみないと分からないと思うけれど？」

「そ、それはそうだね……」

ハハ、と曖昧《あいまい》に笑っていると、母はさらに突っ込んだ質問をしてくる。

「でも、桐哉くんが嫌がっていたとして、あなたはどうしたいって言うの？」

「え……どうしたいって……」

「桐哉くんだって、あなたと一緒よ。相手が誰であろうと結婚するの。だってあなたたちは政略結婚をしなくちゃいけない家の子どもなんだもの。彼があなたを嫌がっているかどうかは、この結婚では度外視されること、そうでしょう？」

母が言っていることは正しい。

現実を突きつけられて、羽衣はグッと奥歯を噛《か》んだ。

（……そうか、私、安心したかったのか……）

誰かに『桐哉が自分との結婚を嫌がっていない』と言ってもらいたかったのだ。

（なんてずるいんだろう……ずるくて、弱い……）

たとえ羽衣を疎んでいるとしても、桐哉はこの状況で絶対に「羽衣と結婚するのは嫌だ」とは言わない。王寺本家の直系のアルファとしての責任感と自尊心が、それを許さないのだ。

（桐哉くんは、私と結婚するしか選択肢がない。だったら――）

羽衣はお腹に力を込めて、母を見た。

「そうだね。この結婚はもう決定したこと。じゃあ私ができるのは、桐哉くんと、より良い関係を築くこと」

桐哉に、少しでも好きになってもらおう。

疎んでいたワガママな少女が、他を尊重できる、自立した女性に成長しているのだと思ってもらえるように。

彼のパートナーとして相応《ふさわ》しい人間だと、認めてもらえるように。

「尽力します。小清水の娘として」

決意を込めた眼差《まなざ》しに、母が満足げに頷いた。

「それでこそ、私の娘よ」

＊＊＊

桐哉は庭をそぞろ歩いていた。

夕闇の中にある日本庭園の景色はどこか朧《おぼ》ろだ。木々も灯籠《とうろう》も、ししおどしも、まるで水彩画のように輪郭が滲《にじ》んで見える。

（——だが、懐かしい）

目を閉じて、十数年ぶりの実家の庭の空気を胸いっぱいに吸い込んだ。

先ほど庭師が水を撒《ま》いていたせいか土と草の濃い匂いがして、嗅覚に記憶が引きずられる。

『きーちゃん、きーちゃん、だっこしてぇ！』

小さな羽衣が、腕を広げてこちらを見上げる姿が眼裏《がんり》に浮かんで、胸に切ない愛しさが込み上げた。

あれは自分が十歳くらいだろうか。この庭に植えてある夏椿《なつつばき》の白い花を見たいと言って、よくここで抱っこをせがまれた。羽衣は六歳……まだ小学校に上がる前だ。ただでさえ甘ったれだったのに、年齢よりも幼く見えるせいで周囲が甘やかし、ひどい甘えん坊だった。幼い子特有の無邪気《むじゃき》さとワガママさを、どれほど可愛いと思っていたか。自分に一番懐いた羽衣が、他に靡《なび》くのを嫌だと思うくらいには、独占欲も育っていた。

だがどんなに想っても、彼女は兄の番だ。

美しく汚《けが》れのない愛しい少女は、だからこそ兄のように完璧な者が相応しい。

そう思ったから、身を引いたのだ。

(これ以上は無理だと思ったのは、中学生の終わり頃だった)

自分は十五歳、羽衣は十一歳になっていた。

発育が遅いと言われるオメガらしく、いつまでも幼さの抜けなかった彼女が、少しずつ女性らしい艶《つや》めきを纏《まと》うようになった。羽衣を特別に愛しいと思いながらも、彼女が幼いから抑えられていた恋心がむくむくと頭をもたげ始めたことに気づいた時、桐哉は決心したのだ。

羽衣の傍《そば》を離れようと。

ただでさえ、自分はアルファで、羽衣はオメガだ。

まだ羽衣が幼いから傍にいられたが、彼女が年頃になって最初の発情期を迎えたら……羽衣の発情期《ヒート》フェロモンを浴びて理性を保っていられる自信は全くなかった。

周囲の人間もばかではない。万が一の間違いを防ぐために、発情期《ヒート》の発現と同時に桐哉は引き離されていただろう。

(どうせ、タイムリミットはあと一、二年だった)

他者から無理やり引き離されるより、自分から身を引いた方が、自分の想いに踏ん切りをつけられると思ったのだ。

離れていればいつかこの恋心も、家族としての穏やかな愛情に変わるだろう。そう期待しての行動だった。

(だがそれも、自己過信でしかなかったが……)

桐哉は自分の執着を甘く見ていた。

残念なことに、一万キロメートル近く離れた距離を置いてなお、桐哉は羽衣を忘れることはできなかった。ロンドンの寄宿学校生活は、良くも悪くも刺激が多く退屈しない毎日だった。勉強やスポーツ、そしてボランティアと、寝る間もないほど毎日が忙しかった。飛ぶような速さで時間が過ぎていった。

――にもかかわらず、桐哉の心の中には、羽衣が居座ったままだったのだ。

どうしているだろうか。自分がいなくて泣いていないだろうか。中学に上がって友達はできただろうか。笑っていてくれると嬉《うれ》しい。彼女の笑顔が見たい。声が聞きたい。その温もりを感じたい――。

ことあるごとに彼女の笑顔が脳裏に浮かび、共に過ごした思い出に胸を締めつけられた。

特に、最後に見た羽衣の泣き顔は、何度も夢に見るほどだった。

別れの時に、ひどい言葉を投げつけた。自分に懐いて離れなかった彼女が、寂しい思いをしないように、自分のいない生活にできるだけ早く慣れてほしいと願ってのことだったが、泣かせてしまった後悔はずっと桐哉の心に巣くっていた。

留学して一年が経過した頃には、想像する以上に自分が粘着質で執念深い人間であることを理解できていた。

（……俺は多分、一生羽衣を想って生きていくんだろうな）

半ば諦めの境地に達し、桐哉は一生彼女に会わない覚悟を決めた。

会ってしまえば、間違いなく箍《たが》が外れる。そうなればもう自分は止まらないだろう。羽衣を兄から引き離すために攫《さら》い、泣き叫《さけ》ぶ羽衣に襲いかかるだろう。彼女が泣いても嫌がっても、きっと止められない。彼女を手に入れることだけを望んで、想いを遂げてしまうだろう。そして、奪い返されないように閉じ込めて一生出さない。もしかしたら、兄を殺してしまうかもしれない。兄を尊敬しているし、兄以上のアルファはいないと今でも思っている。それでも、一度理性を手放して羽衣を抱いてしまえば——止められない。彼女を奪おうとするものは全て殺そうとする自分が容易に想像できた。

そんなことは、絶対にしたくない。絶対に、してはならない。

だから、会えない。もう二度と、会わない。

そうして気がつけば、十六年が経っていた。

情けないことに、その十六年間、桐哉は全く成長がないままだった。

無論、高校を卒業して進学し、大学も卒業した後、王寺グループ系列の会社で働いていたし、なんなら他の国も行った。そういう意味での成長はそれなりにしたと思うが、残念なことに羽衣への想いは薄らぐどころか、量も濃度も以前の倍ほどになってしまった気がしていた。

ヘドロのように凝《こご》った想いを吐《は》き出すこともできず、桐哉はひたすら時を消耗するように生きていた。仕事をして、寝て、起きて、食事をして、また仕事をする——そのおかげで仕事ではずいぶんと成果を出し、父からも本社に戻るようにと何度も言われたが、頑《がん》として断っていた。羽衣のために自分ができる唯一のことが、会わないことだと信じていたからだ。

そのことで父とは喧嘩《けんか》まがいの言い争いになったが、他のことでは柔軟な対応をする桐哉が、帰国に関しては拒絶の一点ばりをする様子に、何か感じるものがあったのだろう。それ以降帰国を促すことはなくなった。

その状況が一変したのは、先週のことだった。

『桐哉。藤生に運命の番《つがい》が現れた』

タブレットの小さな画面の中で、非常に難しい顔をした父が唸《うな》るように言った。

桐哉はちょうどランチタイム中で、昼食代わりの豆乳を飲んでいたのだが、その爆弾発言に危うく口の中の豆乳を吹き出してしまうところだった。

すんでのところで堪《こら》えた桐哉は、ゆっくりと豆乳を嚥下《えんげ》してから、口元を拭《ぬぐ》ってタブレットに向き直った。

『なんだって？　もう一度言ってくれ』

『藤生に運命の番《つがい》が現れたんだ。引き離せばアルファは狂い、オメガは衰弱死するというアレだ。お前も小清水の現当主夫妻の騒動は知っているだろう』

問われて桐哉は眉間に皺《しわ》を寄せつつも頷いた。小清水の『運命の番《つがい》』騒動は、界隈では知らぬ者がいないほど有名な話だ。

『それは……知ってはいるが。だがよりによってなぜ兄さんに？　羽衣はどうするんだ？』

兄に運命の番《つがい》が現れれば、羽衣は兄の番《つがい》にはなれない。

婚約解消となれば、『小清水のオメガ』である以上、他家のアルファに嫁がされてしまうだろう。見知らぬアルファが羽衣に触れるのを想像して、桐哉は歯軋《はぎし》りをした。

（ちくしょう！　どうしてこんなことに……！）

腹の底にマグマのような怒りが滾《たぎ》っていた。

兄だから、諦めようと思った。兄以上のアルファはいない。自分よりも優秀で人格者であると、他でもない桐哉が認めたアルファだから、羽衣を任せられると思ったのだ。

（それなのに、今さら他のアルファだと!?　そんなもの、俺は絶対に許さない！）

『……俺がなる』

唸るような声で、桐哉は言った。

『は？』

『俺がなると言ったんだ。羽衣の婚約者には、俺がなる。他のアルファになど、許すものか！』

吠《ほ》えるようにして宣言すると、画面の中の父が気圧《けお》されたように押し黙る。

『…………桐哉、お前』

父は何か言いかけたが、その後ため息をついて言葉を呑《の》み込んだ。

そして気を取り直すようにこちらを見て、一つ頷いた。

『……話が早い。私もそう命じるつもりだった』

てっきり父には苦言を呈《てい》されるかと思っていたので、意外な発言に目を見開く。

『小清水との縁を切るわけにはいかない。次期当主を藤生からお前に変更し、小清水との婚約は続行する。これは藤生自らの提案だし、すでに小清水の当主と話はついているから、すぐに帰国の準備をしろ』

兄が次期当主ではなくなると言われ、一瞬眉根が寄った。当主には兄がなるべきだ、という気持ちが湧き起こったが、桐哉はすぐにその感傷を捨てる。

（兄さんが羽衣の手を取らなかった以上、俺は羽衣を得るためだけに動く）

兄が運命の番《つがい》のために当主の座を捨てるなら、桐哉は羽衣のために当主の座に座る。なんの後悔もするつもりはなかった。

『すぐに手配する』

桐哉は短く応じると、通話を切ってすぐさま航空券のチケットを確保した。

取れたのは三日後の直行便。ならば三日で仕事の引き継ぎをしなくてはならない。やらねばならないことが山のようにあるから、おそらく出発まで不眠不休となるだろう。

だが、桐哉の胸は高揚感ではち切れそうになっていた。

(羽衣が……この手に入る！)

夢のようだった。もう一生会えないと覚悟した愛しい人が、自分の番《つがい》になるのだ。

期待と興奮で身体が燃えるように熱かった。

(会いたい……！　早く、会いたい、羽衣！)

抑え込み、栓をして出さないようにしていた恋情が、楔《くさび》を失って一気に解き放たれているのが分かった。

愛しい、会いたい、恋しい、触れたい――怒涛《どとう》のような感情の渦《うず》に目眩《めまい》がしながら、桐哉はタブレットの画面にとある画像を開いていた。

それは羽衣の写真だった。就職した研究室の白衣を着て、こちらに得意げな笑みを向けている。

兄は折に触れて、羽衣の写真を送ってくれていた。

中学や高校、大学の入学式、卒業式、クリスマスや、正月、就職祝いの食事会など、成長していく彼女の姿を垣間見て、胸が苦しかった。彼女の人生の節目に立ち会えないことが、どうしようもなく切なかった。

見ないようにしようと思っていたのに、こうしてタブレットにこっそりと取り込んでいるのだから、本当にどうしようもない。

（だが、それももう終わりだ……！）

彼女を手に入れる奇跡が起こったのだと思うと、世界に感謝したい気持ちになる。今ならなんだってできる。きっとアメコミのヒーローのように空も飛べる気がする。

三日三晩の不眠不休くらい、屁《へ》でもない。

そうして桐哉はがむしゃらに働いて仕事を終え、日本へ帰国した。

空港からそのまま彼女の職場へ行き、終業時間まで待ち伏せしていた桐哉は、エレベーターから降りてくる彼女を見て息が止まるかと思った。

羽衣は想像以上にきれいになっていた。

子どもの頃の愛らしさはそのままに、大人の女性としての落ち着きと艶を得ていて、彼女の周りだけ発光しているのではないかと思うほどだ。

長いまつ毛は遠目からでも影が分かるほど濃く、その奥にある透き通った瞳が宝石のようにキラキラと煌《きら》めいている。赤い唇は、野いちごのように潤《うる》んでいて、桐哉は今すぐ齧《かじ》りついてしまいたい衝動に駆られたが、そんなことをしては羽衣を驚かせてしまうだろう。

（……ただでさえ、最後の時に羽衣を泣かせてしまったんだ。きっと俺に対する印象は良くないもので終わっている。それに、兄さんとの婚約が破局して、きっと傷ついている。できるだけ慎重に行動しなくては……）

少女の羽衣の泣き顔が、未《いま》だに目に焼きついて離れない。あの時、大きな瞳から真珠のような涙がボロボロと溢れるのを、痛ましいと思う反面、嬉しいと思う不届きな自分がいた。羽衣が自分のことで泣いてくれているのが、嬉しくて堪《たま》らなかったのだ。

——もっと泣いて、羽衣。そうして、ずっと僕を覚えていて。

そんな暗い歓喜を抱く自分が恐ろしかった。

桐哉は、自分が狂気を孕《はら》んでいることを知っている。この狂気は決して顕在させてはいけない。もう二度と彼女を傷つけたくなかった。

桐哉は深呼吸すると、羽衣に向かって歩き出した。

そこからは計画どおりだった。

羽衣に自分が婚約者になることを告げ、両家の当主の前で宣言をし婚約を確定させた。

羽衣は急展開に焦《あせ》っているようには見えたが、桐哉を拒む様子は見られなかったから安堵した。

(……とはいえ、それも兄さんのためなんだろうが……)

『二人には絶対に、幸せになってほしいのに！』

必死な顔でそう言った羽衣を思い出し、桐哉は苦い笑みを浮かべる。

羽衣は純粋で心優しい。大切な人の幸せのためなら、自分を犠牲にすることも当たり前のようにするだろう。今回も、大切な婚約者と可愛がっている部下のために、躊躇《ためら》わずに婚約破棄を受け入れたに違いない。

「ばかだな、羽衣は……」

生まれた時から決まっていた婚約者との破局が、辛《つら》くないわけがない。ずっと兄を番《つがい》だと思って生きてきたのだ。一生を共に生きていく覚悟だっただろう。それを、唐突に断ち切られたのだ。普通なら怒って当然なのに、「幸せになってほしい」だなんて。

お人好しがすぎる。

「ばかで、可愛くて……可哀想な、羽衣」

お人好しの結果、自分のような狂人アルファに捕まってしまったのだから。

(……もう絶対に、お前を離さない。離して、やれない。ごめん、羽衣)

ここにはいない愛しい人に謝りながら、桐哉は思い出の庭を歩き続けたのだった。

＊＊＊

羽衣はソワソワと前髪を弄《いじ》りながら、パソコンの画面の隅にある時間を確認した。

十七時五十五分――終業五分前だ。

（う、きゃ～……ど、どうしよう、もうすぐだ……！）

心の中で盛大な悲鳴をあげつつも、真顔でパソコンをシャットダウンし、首をコキコキと鳴らしてみせたりする。うーん、今日もお仕事疲れた～！　といった具合だ。

「あれ、室長、今日はちょっと早いですね、パソコン閉じるの」

目敏く指摘してきたのは、古株研究員の里村《さとむら》だ。おっとりと優しいおじさんだが、時々妙に鋭《するど》いことを言ったりする。

「えっ、そ、そうです？」

「そうですよ。いつも十八時過ぎないとシャットダウンしませんよ。今日、何か予定でもあるんですか？」

さらに鋭い指摘に、羽衣はしなくてもいいのにギクッとしてしまう。

「う、うん。そうなんだ～」

「へえ！　いいですね！　あのイケメン婚約者さんですか？」

「あ～はは、まあ、そうね……」

里村が言っているのは間違いなく藤生のことだが、羽衣は曖昧に相槌《あいづち》を打っておいた。

婚約者が変更になったことは、いつか報告をするだろうが、今は別に研究員たちに言う必要はない。

そう。今日は仕事の後、桐哉と食事に行く約束になっていた。

再会からの婚約者交代で、まだ夢の中にいるような心地だったが、夢でない証拠に昨日の夜、桐哉から誘いが来たのだ。

（桐哉くんも『イケメン婚約者』だもん。嘘《うそ》は言ってない……）

心の中で言い訳をして、十八時になったのを確認して声をあげた。

「はーい。お仕事終了です。今日はここまで！　皆さん、お疲れ様でした～！」

言いながらいそいそとバッグを持って研究室を出る。桐哉に会う前に、一度メイク直しをしたかったのだ。

（や、やっぱり好きな人には、可愛く見られたいもの……）

普段メイクやファッションにあまり興味がない羽衣だったが、桐哉に会うと思うと、ちょっと気になってきてしまうのだから、恋とは困ったものだ。

（ああ、私、桐哉くんに恋をしてるんだなぁ……）

幼い頃、桐哉に恋をしていた。だがそれは諦めなくてはいけない恋で、彼に会えない長い年月の中でこれが恋なのかどうなのか分からなくなっていた。諦めなくてはならなかった恋への、自己憐憫《れんびん》に似た妄執なのかもしれないと思いさえしていた。

だが実際に桐哉に会ってみれば、色褪《あ》せたかに思えた初恋は鮮《あざ》やかな色を取り戻し、活き活きと羽衣の心の中に咲き誇《ほこ》っている。

この恋を諦めなくていいのだ、彼を好きでいていいのだと思うと、背中に羽が生えたような感じがした。羽衣は生まれて初めて自由を感じていた。

なんだかスキップをしたいくらいの気持ちだったが、さすがに職場でスキップはやめた方がいい。羽衣は澄ました顔で化粧室へ向かおうとしたが、背後から呼び止められてしまった。

「室長！」

振り返れば、切羽詰まった表情の姫川がいた。

「姫川くん。どうしたの？」

「あの、今日、藤生さんと約束されているんですか？」

「あっ！　違う違う！　藤生さんじゃないよ！　桐哉くんとだから！」

先ほどの里村との会話を聞いていたのだろう。

慌てて訂正したが、姫川はまだ困ったような表情のままだ。

「桐哉くんって……あの、藤生さんの弟の……？」

「うん、そう。私の新しい婚約者だね。親睦を深めるために、食事に行くことになってるのよ」

へへ、と照れ笑いをしながら説明していると、いきなり姫川がボロボロと涙を流し始めた。

「えっ……!?　ちょ、姫川くん!?　どうしたの!?」

ギョッとなった羽衣は、バッグの中からハンカチを取り出して姫川の頬に押し当てる。

「ごめんなさい……！　僕のせいで、室長、好きでもない人と、結婚なんて……！」

声を詰まらせながら咽《むせ》び泣く姫川に、羽衣はあんぐりと口を開いてしまった。

どうやら姫川の中で、羽衣は桐哉と強制的に結婚させられる悲劇のヒロインになってしまっているようだ。

（ヒエ〜〜〜！　どういう妄想!?　嘘でしょう!?）

悲劇のヒロインどころか、思いがけず初恋の人と結婚できることになって、ラッキーハッピーのふわふわ状態なのだが。

「ちょっと待って、姫川くん！　それ誤解だか……」

「羽衣」

姫川の誤解を解こうとした羽衣は、唐突に割って入った低い美声にビクッと肩を揺らす。

（えっ、この声は……）

パッと顔を起こして振り返れば、エレベーターの方から歩いてくる長身が見えた。

「き、桐哉くん！」

なぜここに桐哉がいるのだろうか。

疑問に思いながらも、羽衣の視線は彼に貼り付いたように離れなかった。

ラフなジャケットとパンツ姿だが、それがファッション誌に出てくるモデルのように格好良い。信じられないくらい長い脚で大股に歩く様子は、大型の肉食獣のような風格がある。その迫力は、他を圧倒するような美貌のせいもあるのだろう。

「どうやってここに入ったの⁉」

ここは研究所なので部外者は入れず、エレベーターに乗る際に社員証のＩＤが必要となるのだ。まさか不法侵入したのだろうか。

だが桐哉はフンと鼻を鳴らして手に持っていたＩＤカードを見せてきた。

「ここはうちの系列だろう」

「あ、そ、そうだった……」

忘れていたが、桐哉も王寺グループの経営者の一人だ。彼は今まで海外の事業にばかり携わっていたので、なんとなくよその人のイメージだった。

桐哉は尖《とが》った眼差しで羽衣の隣に立つ姫川を見る。

その圧のある眼差しに姫川がビクッと身体を震わせた。その顔色は真っ青で、明らかに怯《おび》えているのが分かった。

(……これは……確かに、怖い……)

ビリビリと空気が振動しているのではないかと思うほど、桐哉から放たれる威圧が強烈だった。空気が鉛《なまり》のように重たく感じた。

(威嚇《インティミデイション》だ……!)

自分の狙ったオメガを横取りしようとするアルファを追い払おうとするもので、まだオメガと番《つがい》契約を結んでいない場合に生じる行動だ。その威嚇《インティミデイション》の際に放たれるアルファ特有のフェロモンが、今桐哉の身体から盛大に放出されている。

このフェロモンは、アルファだけでなくベータやオメガもそれを感知するため、オメガである羽衣や姫川にもその威圧を感じ取ってしまうのだ。

(フェロモンに鈍感な私でも、背筋が震えて止まらない……!)

羽衣はオメガの中でもとりわけ発育が遅かった。そのせいなのか、これまで一度も発情期《ヒート》を経験したことがないのだ。そして己《おのれ》のヒートフェロモン放出に関することだけでなく、アルフアのフェロモンも感知しづらい体質なのである。

これは自分の身体に何か異常があるのではないかと心配になったが、母はカラカラと笑った。

『私もそうだったから気にしなくて大丈夫よ～。小清水にはたまにこういうオメガが生まれるのよねぇ。なんでかしら』

適当すぎる上にあまり根拠がない回答に、研究者として『エビデンスは？』とツッコミたくなったが、母に口で勝てた試しがないのでやめておいた。

ともあれ、フェロモン鈍感オメガである羽衣までこれほど強烈に感じ取るのだ。

普通のオメガである姫川には相当きついだろう。

その証拠に、姫川の額には冷や汗が浮き出ているし、膝がガクガクと震え出している。

このままでは倒れてしまう、と羽衣はおじけづく身体に鞭《むち》打つようにして声を出した。

「桐哉くん、やめて！」

羽衣の悲鳴のような制止に、桐哉がギロリとこちらを見た。

その凄《すご》みのある眼力に、羽衣は膝から力が抜けそうになる。

（……っ、負けてやらないっ！）

それでも歯を食いしばって脚を踏ん張ると、ギッと桐哉を睨《にら》み返した。

「威嚇《インティミデイション》はやめて！　フェロモンが出てる！」

「出してるんだ。俺の番《つがい》に要《い》らんことを吹き込む輩《やから》は懲《こ》らしめてやらなければ」

そのセリフで、彼が先ほどの姫川との会話を聞いていたのが分かった。

（好きでもない、とか、私はそんなこと思ってない！　……けど！）

今は誤解を解くより先に、姫川を守らなくては。

「いいから威嚇《インティミデイション》を解いて！　このままじゃ姫川くんが失神しちゃう！　彼は王寺グループの雇用者よ。経営サイドのアルファが雇用者のオメガを威嚇《インティミデイション》で失神なんかさせれば、パワハラな上にオメガ差別で訴えられる案件よ！」

論理的に主張すると、桐哉はチッと舌打ちをしたが、フェロモンの放出をやめた。

どっしりと重かった空気がフッと軽くなって、羽衣はホッと息をつく。

姫川の方を確認すると、深呼吸をしてその場にしゃがみ込んでいた。

「大丈夫、姫川くん」

「……は、はい……」

羽衣が声をかけると、姫川は弱々しい声ながらもなんとか応じている。

その顔色はまだ青いが、さっきよりは幾分マシになっていた。

「ごめんね、びっくりしたよね。吐き気とかはない？」

「大丈夫、です……」

「おい」

羽衣と姫川の会話に割り込むように、桐哉が低い声を出した。

威嚇《インティミデイション》を受けたばかりの姫川は、反射的にビクンッと身を震わせる。

怯えているのは明らかなのに、桐哉はそれを無視して姫川の傍まで歩み寄ると、冷たい表情で睨み下ろした。

「他ならぬお前にだけは、羽衣を憐《あわ》れんで泣く権利はないんだよ」

鋭く切り込む一言に、姫川がヒュッと息を呑《の》む音が聞こえる。

同時に、羽衣も驚いて目を丸くした。

(……びっくりした。私の心を読んだのかと思った……)

「羽衣をこの立場に追い込んだ張本人が、どのツラ下げて『僕のせいで』なんて泣いてみせられるんだ？　よりによって、本人の前で！　泣いて許してもらおうとする卑怯《ひきょう》で傲慢《ごうまん》な魂胆が透けて見える。俺はそういう類《たぐい》の人間が反吐《へど》が出るほど嫌いなんだ」

桐哉の容赦ない、そして正しい糾弾に、姫川が無言で項垂《うなだ》れる。

苛烈《かれつ》な非難だったけれど、羽衣は何も言わなかった。

確かに姫川に泣かれた時に、羽衣自身が感じたことでもあったからだ。

(私が泣くなら分かるんだけど、君が泣くのは間違ってるんだよねぇ……)

確かに、藤生と姫川が運命の番《つがい》であったことは不可抗力だ。

羽衣もそれを理解しているから、藤生との婚約破棄にも同意したし、彼らの結婚がうまくいくように協力してきた。

だが姫川に「羽衣が気の毒だ」と泣かれるのは、どうにも首を傾《かし》げざるを得ない。

だから桐哉が腹を立てるのも理解できる。

「……す、すみま、せん……」

ぐうの音《ね》でも出ないほどの正論で叱《しか》られ、姫川は涙を呑み込むようにグッと喉を鳴らす。

(うん。泣かなかったのは偉い)

よしよし、と密《ひそ》かに評価しながら、羽衣は姫川の傍にしゃがみ込み、彼と視線の高さを合わせて言った。

「あのね、桐哉くんは言い方がキツイかもしれないけど、これ、君のために言ってくれてるんだよ」

羽衣の言葉に、姫川がおもむろに顔を上げる。

分厚いメガネのレンズの奥で、涙の溜まった瞳がキラキラとしている。

実にオメガらしい風情に、羽衣は苦笑が漏《も》れた。庇護《ひご》欲をそそる見た目だ。

(……私も、昔、こんな感じだったのかな)

昔の羽衣も、泣いてみせることになんの疑問も抱いていなかった。

悲しいから泣く、嬉しいから笑う、それでいいと思っていた。

自分の喜怒哀楽がどれほど周囲を巻き込むのか、「それでいい」で済んでいたのは、周囲が合わせて動いてくれているからなのだと気づいたのは、桐哉が去った後だ。

（……うんざりされて、当然だよね……）

過去の自分の愚行に呆《あき》れつつ、羽衣は気持ちを切り替えるために咳払いをする。

今しなくてはいけないのは、可愛い部下への忠告だ。

姫川の潤んだ瞳を見つめながら、できるだけ優しい声を出した。

彼を責めたいわけではなく、分かってもらわなくてはならないのだ。

「君の優しさとか、他人の痛みを自分のもののように感じる共感性とか、私は、すごく美点だと思ってる。でもこれからはそれだけじゃだめ。王寺家はアルファの家系で、上昇志向の強い人たちの集まりだから……。周囲みんなが足を引っ張ろうと手薬煉《てぐすね》を引いてる状況なの。泣けば許されるどころか、泣いたことに難癖をつけられてあっという間に蹴落《けお》とされる。そんな魑《ち》魅魍魎《みもうりょう》が跋扈《ばっこ》してる場所に、君はこれから入っていくの」

羽衣の忠告に、姫川の顔色がサッと変わっていく。

きっと彼が想像しているよりも、王寺家がもっと陰湿で闇の深い場所だったのだろう。

（藤生さんにはそういう雰囲気が全くないから、仕方ないのかもしれないけれど）

王寺家の直系アルファで次期当主という立場だったのに、藤生にはガツガツとしたところも冷酷さもあまりない。

常に鷹揚《おうよう》で優しいため、「陰湿」とか「闇」とかいう単語が全くもって似合わない人なのだ。

（でもまあ、藤生さんが特別なのよね）

王寺家には、傲慢で強引な性格の人が多い。

それはアルファの特質と言っても過言ではないから、特段驚くようなことではないのだが。

青ざめる姫川を奮起させるために、羽衣はポンとその肩を叩《たた》いた。

「藤生さんの番《つがい》として頑張るって決めたんでしょう？」

番《つがい》の名前に、姫川がハッとした表情になる。

彼の目に力が戻ったのを確認して、羽衣は言葉を続けた。

「だったらもう少し、感情に左右されず、状況を冷静に分析できるようになった方がいい」

「は、はい……！」

「発言する前に、一呼吸置くといいよ。息を吸って、吐いて、ってする間に考えるの。その発言はすべきか否《いな》かを」

「はい……！」

ちゃんとこちらをまっすぐに見て返事をする姫川の目には、もう涙はない。

羽衣はにっこりと微笑んだ。

「ん、よし。じゃあ、私は行くから。君も涙を拭《ふ》いて、帰る準備しなさいね」

ヨシヨシ、と自分よりも背の高い男性の頭を撫《な》でると、羽衣は身を起こして傍《かたわ》らに立つ桐哉を見上げる。

「行きましょうか、桐哉くん」

「……ああ」

桐哉はむすっと口の端を曲げていて、不機嫌そうだ。

おそらく自分で姫川に文句を言いたかったのを、羽衣が横から口を挟んだのが気に食わなかったのだろう。

(でもあれ以上責めちゃうと、姫川くん、怯えきってきっと桐哉くんに苦手意識持っちゃうだろうからね……)

当たり前だが、桐哉と姫川はこれから家族になるのだから、仲良くしていた方がいいに決まっている。

羽衣が桐哉の傍に行くと、彼が無言で肘を差し出してきた。

エスコートの体勢だ。婚約者だった時、藤生にも同じことをされてきた羽衣は、そっとそこに自分の手を乗せる。

（……これからは、桐哉くんにエスコートされるのね……）

不思議な感慨と共に湧いてきたのは、喜びだ。

初恋で、ずっと会いたいと焦《こ》がれてきた桐哉が、本当に自分の伴侶となってくれるのだ。

嬉しくてチラリと桐哉を盗み見ると、彼は唇を引き結んだしかめ面《つら》だった。

喜びで膨らんだ気持ちが、空気の抜けた風船のように萎《しぼ》んでしまう。

（そうよね……。桐哉くんは、私と番《つがい》になんかなりたくなかったわよね……）

その上、先ほどの姫川とのやり取りでは、悪役をやらせてしまった。

羽衣はしょんぼりとしながら小声で言った。

「……ごめんなさい」

謝ると、桐哉は片方の眉だけ器用に上げた奇妙な顔をした。

「なぜ謝るんだ？」

「……あなたに、嫌な役をさせたから」

周囲の庇護欲をかき立てることで自分を守ろうとする姫川の性格は、オメガ特有のものだ。

そうやってより自分に有益なアルファを選び取ろうとする本能なのだ。

だがその性格は、番《つがい》のいない間はアルファに優しくされるが、番《つがい》を得てしまえば優しくされるどころか蔑《さげす》まれるものだ。

番《つがい》を得たオメガには、他のアルファは見向きもしないからだ。

つまり藤生の番である姫川は、藤生以外の庇護は得られない。

アルファだらけの王寺家において、彼の味方は藤生だけなのだ。

それを理解してさまざまなことに備えておかなければ、あっという間に潰されてしまうのは目に見えている。

桐哉は姫川に王寺家の恐ろしさを伝えるために、わざとあんな高圧的な態度を取ったのだろう。

「嫌な役……とは、思っていない。単にあのオメガの無知さと厚顔さに腹が立っただけだ」

フンと鼻を鳴らして答える桐哉に、羽衣は思わず微笑んでしまった。

こんなふうに、わざとつっけんどんな物言いをするところに、懐かしさを覚えたからだ。

(変わらないな、きーちゃん。本当はものすごく優しいくせに、あえてそんな言い方をするんだから……)

幼い頃、桐哉と遊んでもらった思い出が頭の中に蘇《よみがえ》り、当時の嬉しい気持ちに胸がいっぱいになって彼を見つめる。

すると羽衣の視線に気づいた桐哉が、ギョッとしたように目を見開いて、サッと目線を別の方向に逸《そ》らした。

「……っ、俺に、無理に笑う必要はない」

苦々しい表情で桐哉に言われて、羽衣の心臓がズキンと音を立てる。

「え……」

無理に、とはどういう意味だろう、と思ったが、それ以上に彼が自分の笑顔を見て目を逸らしたことがショックだった。

頭の中が真っ白になって、次にどういう行動を取るべきか分からなくなってしまう。

桐哉に嫌われていることは知っていた。

だが笑いかけただけで、そんなふうに嫌がられるほどとは思わなかった。

「ご、めんなさい……」

羽衣は咄嗟《とっさ》に謝って、桐哉の腕を掴《つか》んだ手をパッと離す。

普段の自分なら、こんなふうに邪険にされれば、それ相応の態度で接していただろう。

二十七歳までオメガとして生きてくれば、対人関係で防御力を身につけなくては生きてはいけない。

だから羽衣なりに、自分を軽んじたり疎んだりする相手には、同じように冷たくするか、あるいは適当にいなすという方法でやり過ごしてきた。

それなのに、桐哉の前では何もできない少女のような態度になってしまい、そんな自分が情けなくて頬が赤くなる。

（……もっとちゃんと、大人になった自分を見てもらいたかったのに……）

桐哉に、できると思っていたのに……

何事にも冷静にそしてスマートに対処できるようになった。

この政略結婚にも問題なく応じられる大人の女性になったのだから、安心してほしいと思っていたのに。

実際には、少し冷たくされただけで、指先が震えるほどに狼狽《ろうばい》している。

こんな子どもじみた自分では、桐哉はきっと呆れるに決まっている。

（政略結婚だって、断られてしまうかも……！）

桐哉に断られれば、小清水のオメガである自分は、他の家のアルファに嫁がされてしまうだろう。

それだけは嫌だ。

小清水家に生まれた以上、結婚相手を選ぶことはできない。

だから恋した相手――桐哉との結婚はできないと分かっていた。

でも幼い頃から知っている藤生なら、家族として愛することはできると思っていた。

それが桐哉に対するような心臓を締めつけられるような恋ではなくとも、友人のような夫婦にはなれると思っていたから、桐哉を諦めようと思えていた。

(でも、他の人は……！　桐哉くんでも、藤生さんでもない人と番《つがい》になんて……！)

桐哉ではない男性に触れられることを想像し、全身にゾッと怖気《おぞけ》が走る。

顔を青ざめさせる羽衣に気づいたのか、桐哉が怪訝《けげん》な眼差しを向けてきた。

「……おい、どうした？　顔色が悪いぞ」

その声色に心配そうな色が滲んで聞こえて、羽衣は泣きたくなってしまう。

こんなふうに優しくしないでほしい。

期待してしまう。もしかしたら、彼にそんなに嫌われていないのかも、と。

「だ、大丈夫。なんでもないです」

慌てて首を横に振ったが、桐哉は引かなかった。

「なんでもなくないだろう。顔色が真っ白だぞ。……ちょっと触るが、許せ」

「え……」

何を許せと言うのか、と不思議に思う暇もなく、羽衣は桐哉に横抱きに抱え上げられていた。

急に視界が高くなり、一瞬目眩がした羽衣は悲鳴をあげた。

「ひゃあっ！」

まさか抱き上げられるとは思わなかった。

（え、ええ……!?）

先ほどまでの悲しい気持ちはどこへやら、盛大に混乱しつつも羽衣の心は降って湧いたような幸運に歓喜していた。

自分の脚や背中を支えるがっしりとした腕の逞《たくま》しさが、ダイレクトに伝わってくる。

その上、彼の胸元からふわりと香水の匂いがして、頭の中が沸騰しそうになってしまう。

（ふ、ふわ～～！　め、めちゃくちゃいい匂い……！）

どこの香水を使っているのだろうか。

ベルガモットやオレンジなどのシトラスに少しスモーキーなお茶が混じる、爽《さわ》やかな香りだ。

それに桐哉自身の肌の匂いが合わさると、堪らないほどの心地好さを感じて、羽衣はうっとりと目を閉じた。

抱っこされていて、布越しとはいえ桐哉と密着しているので、彼の体温がダイレクトに伝わってきて、それがまたひどく気持ち好い。

（きーちゃん、体温高いんだな……）

身体の熱は筋肉が作っているので、彼はきっと筋肉量が多いのだろう。

羽衣は体温が低い方なので、余計に熱く感じるのかもしれないが。

桐哉の匂いと体温に包まれていると、なぜか頭の中がぼうっとしてきて、羽衣はこてんと頭を彼の肩に預けた。

「……どうした？」

羽衣が急に黙った上に大人しく身を預けてきたのが不思議だったのか、桐哉が怪訝そうな声色で聞いてくる。

だが羽衣はそれどころではなかった。

なんだか頭がぼーっとするだけでなく、身体が熱くなってきたからだ。

心拍数が高いのが自分でも分かる。ドクドクと自分の内側で鼓動が大きく響いていた。

（……は、発熱……？　どうして……私、さっきまでなんともなかったのに……？）

唐突な体調の変化に、自分自身もついていけない。

回転が鈍《にぶ》くなっている脳を懸命に動かそうとしてみるが、意識はどんどん朦朧《もうろう》としてくるばかりだ。

（苦しい……なに、これ……、心臓が、痛い……。それに、お腹の奥が……）

名状しがたい苦しさに身悶《みもだ》えしていると、桐哉が顔を覗《のぞ》き込むように近づけて囁《ささや》いた。

「羽衣？」

心配してくれる桐哉の低い声に、身体がビクンと大きく痙攣《けいれん》する。

鼓膜から流し込まれた快感が、電流のように脊椎を走り抜けていく。

「ヒァッ……！」

羽衣は強烈な刺激に悲鳴をあげた。

（な、に、これ……!?）

身体が燃えるように熱い。

それなのに汗は出てこなくて、身の内側に熱が溜まっていく感じだ。

まるで熾火《おきび》のように、下腹部が熱くなっていくのが分かった。

じわり、じわりと溢れ出すのは、ハチミツのように甘い香りだ。

（……こ、これ……！）

この時になって、ようやく羽衣は自分の状況に気づいた。

この甘い香りは、ヒートフェロモンの香りだ。

人によってその香りの表現は異なるが、「ハチミツ」や「花」の匂いに例えられることが多い。

（わ、私、発情期《ヒート》起こしちゃってる……!?）

そんな、まさか、という言葉が頭の中を巡る。

羽衣は王寺家に嫁ぐオメガだ。

強いフェロモン抑制薬を服用していて、フェロモンコントロールは徹底してきた。

万が一にでも、婚約者でないアルファ相手に発情することのないように、である。

（そ、それなのに、どうして……⁉）

混乱しながらも、発情期《ヒート》の苦しさに身悶えしていると、羽衣のフェロモンに気づいたらしい桐哉がギョッとした声をあげた。

「この匂い……！　お前、まさか……」

オメガのヒートフェロモンを嗅《か》ぐと、アルファは強制的に発情させられる。

同意のない発情強要は『ヒートテロ』と呼ばれ、迷惑行為の扱いをされている。

（どうしよう……！　また桐哉くんに呆れられてしまう……！）

こうして再会できただけでなく、奇跡のように番《つがい》になれるかもしれない状況になったというのに、いきなり『ヒートテロ』を起こしてしまうなんて。

泣きたい気持ちになったが、身体は熱くて苦しくてそれどころではない。

ただひたすら苦痛に耐えて荒い呼吸を繰り返していると、グッと抱き締めるように桐哉の腕に力が込められる。

「食事はやめだ」

短く言うと、彼は羽衣を抱えたまま足早に外へ出ると、長い体躯《たいく》を折り曲げるようにして車に乗り込んだ。

「予定変更だ。俺の家へ」

運転手にそう告げる間も、羽衣をしっかり抱き締めたままだ。

もう自分で立っていることも難しかったから、羽衣としてはとても助かったが、桐哉は嫌じゃないのだろうか、と涙で滲む目を開いて見上げてみる。

すると彼と目が合って心臓がギュンと音を立てた。

桐哉の瞳は煮え滾るようで、羽衣をじっと見下ろしていたからだ。

まるで獲物を捕らえた肉食獣だ。

ギラギラとした欲望が剥《む》き出しで、その眼差しだけで焼き焦がされてしまいそうだ。

欲情したアルファの目だった。

やはり自分のヒートフェロモンに当てられてしまったのだ、と脳が状況を分析する傍らで、羽衣は桐哉が自分に欲情していることを、どうしようもなく悦《よろこ》んでもいた。

「……ごめんなさい……ごめんなさい、きーちゃん……」

オメガの本能に引きずられてしまう自分が情けなくて、荒い呼吸を繰り返しながら、譫言《うわごと》のように謝る。

同意なく桐哉を発情させてしまったことへの罪悪感で、自分が昔の呼び名を使ったことにも気づいていなかった。

「……黙ってろ」

何かを押し殺すような桐哉の声に、羽衣は黙って目を閉じる。

彼も今ギリギリなのだと分かったからだ。

アルファとオメガ——その本能に翻弄《ほんろう》される自分たちを、悲しめばいいのか、笑えばいいのか。

自問自答に答えは出ない。

今はただ自分を抱き締める桐哉の腕の力強さだけが救いだった。

＊＊＊

車が停まったのは、王寺の本家ではなかった。

閑静な住宅街の中にある瀟洒《しょうしゃ》な低層マンションは、おそらく桐哉の住まいなのだろう。

長年海外で一人暮らしをしてきた彼にとって、人の出入りが雑多な王寺本家は、生活するには煩《わずら》わしいことが多いのかもしれない。

運転手が車のドアを開けると、桐哉は羽衣を抱いたまま無言でマンションの中へ入っていった。

自分で歩ける、と平時ならば言うべきなのだろうが、発情期《ヒート》を起こしている羽衣にはまともに歩ける自信はない。

心臓は全力疾走をした後のような脈拍数を叩き出しているし、身体中が発火しているのではないかというほど熱い。

自分の身体からフェロモンが止めどなく溢れ出ているのが分かった。

(発情期《ヒート》が、こんなに、辛《つら》いものだなんて知らなかった……！)

羽衣はこれまで、一度も発情期《ヒート》を起こしたことがなかった。

「身体、熱い……、焼き、切れそ……」

頭の中で思っていたはずの言葉が、口から漏れていた。

もういろんなコントロールができなくなっている。

「……は、すぐに、楽にしてやる……！」

羽衣の譫言《うわごと》に応《こた》える桐哉の声も、上擦《うわず》っていて苦しそうだ。

だがそのセリフが映画に出てくる暗殺者みたいで、羽衣はこんな状況なのにおかしくなってしまった。

ふふ、と小さく吐き出した笑い声に、桐哉が耳ざとく反応する。

「何を笑っている」

「……だって、『楽にしてやる』、なんて……、ふふ、殺され、ちゃう、みたい……」

頭がぼぅっとしていたせいなのだろう。苦しいくせにそんな戯言《ざれごと》を言うと、桐哉がクッと喉の奥で笑う音が聞こえた。

「ずいぶん余裕だな」

「……？　な、に……？」

桐哉が何か呟《つぶや》いた気がしたが、くぐもった声だったせいか聞き取れない。

涙で霞む目を凝らして桐哉の顔を見ようとした時、ドサリと柔らかな場所に降ろされた。

「っ、ここ……？」

驚いて周囲を確認すると、ここはどうやら寝室で、降ろされたのは大きなベッドの上だと分かった。

（あ……きーちゃんの、匂い……）

寝具から桐哉の匂いがして、羽衣の下腹部がキュウッと音を立てる。

その感覚が切なくて、もっと桐哉の匂いを嗅ぎたくて、羽衣はシーツを抱き締めるようにして身を丸めた。

（きーちゃんの匂い……好き……）

羽衣はうっとりとしながらシーツに包《くる》まる。

桐哉の匂いを嗅いでいると、発情期《ヒート》の苦しさが和《やわ》らぐ気がした。

先ほどまで感じていた、何かに追い立てられるような焦燥感が、その匂いに包まれていると消えていく。

身体を苛《さいな》む熱がなくなったわけではないが、それでもホッと息をついていると、包まっていたシーツがガバリと剥《は》がされた。

「あっ!? やっ、やぁッ! 返して!」

せっかく手に入れたささやかな安らぎを奪われ、両手を伸ばしてシーツを追いかける。

だが無情にもシーツは丸めて遠くへ放り投げられてしまい、羽衣は涙目になってひどいことをする犯人を睨んだ。

「なにするの……、ッ!?」

文句を言おうとしたその口は、開いたまま固まった。

目の前に、上半身裸になった桐哉がいたからだ。

その胸板は厚く、そこから腹に至るまで筋肉の隆起でボコボコとした陰影ができている。

まるで昔どこかの美術館で見た、ギリシャの彫像のようだ。

羽衣は思わずごくりと唾を呑んだ。

男性の裸体が、これほど美しいものだったとは。

いや、美しさ以上に、桐哉から醸し出される色香に、心臓がドキドキと早鐘を打ち、目眩がしそうだった。

（……触れたい……）

衝動のような渇望が込み上げる。

その腕に、胸に。その逞しい首に抱きついて、彼の匂いを胸いっぱい吸い込んでみたかった。

だが同じくらい、彼にも触れてほしい。

あの大きな骨ばった手でこの身体を余すところなく弄《まさぐ》られたい。

この身体丸ごと、桐哉に貪《むさぼ》られたかった。

「き、ぃ、ちゃん……」

熱い呼気と共に、彼の名を囁く。

名前しか口にできなかった。それ以上の言葉を吐けば、己のこの浅ましい欲望を曝《さら》け出してしまいそうだ。

（嫌われたくない。でも、触れたい。触れられたい……！）

相反する願いに泣きたくなっていると、桐哉が羽衣の身体の右脇に手をついた。

そのまま覆《おお》い被さるようにして、こちらを見下ろしてくる。

美しいその美貌にうっそりとした笑みを浮かべ、桐哉が言った。

「可哀想にな、羽衣」

「……か、わいそう……？」

まだぼんやりとした頭で、羽衣は考える。

可哀想？　それは自分のことだろうか。どうして可哀想なのだろう。

意味が分からずゆっくりと首を傾げると、桐哉は一瞬顔を歪《ゆが》めた。

その表情がなぜか悲しそうで、羽衣の胸がツキンと痛んだ。

桐哉に悲しい思いをしてほしくない。

誰よりも大事で、誰よりも愛しい人なのだから。

「可哀想じゃ、ない」

ふるりと頭を振って否定するのに、桐哉はハッと吐き捨てるように笑った。

「可哀想なんだよ」

「違う……」

食い下がると、桐哉がずいっと顔を近づけてきて、額をぶつけてきた。

ごつんと額に衝撃が来て、桐哉のギラリと光る瞳に睨みつけられる。

「違わない。お前は可哀想なオメガだ。好きでもないアルファに発情させられて……番《つがい》にされてしまうんだから」

「え……」

好きでもないアルファとは、桐哉のことだろうか。

だったらやっぱり違う。

自分が好きなのは桐哉だ。小さな頃から、ずっとずっと好きだったのだ。

そう告白しようと口を開いたのに、できなかった。

桐哉の唇に、口を塞《ふさ》がれてしまったからだ。

「ん、んうっ……」

桐哉にキスされているのだと実感する間も与えられず、歯列を割って肉厚の舌が侵入してくる。

自分の口内に他人の舌が入り込むなんて経験は、もちろん初めてだ。

羽衣は驚いて逃げるように舌を引っ込めてしまったが、桐哉がそれを許さなかった。

あっという間に絡め取られ、息を吐く暇もなく蹂躙《じゅうりん》された。

「ん、ふ、ん、ふぅうっ」

羽衣は苦しさに喘《あえ》いだ。

桐哉の舌が口の中を蠢《うごめ》いて、呼吸すらままならない。

キスの間、どうやって息をすればいいのかなんて、羽衣は知らない。

なにしろこれがファーストキスなのだ。

物心つく頃には藤生の婚約者だったから、他の異性が寄ってくる隙などあるわけがない。婚約者の藤生とも、兄妹のような関係のままだったため、性的な触れ合いは一切したことがなかったのだ。

自分の口の中で好き勝手する桐哉をどうしていいか分からず、ただひたすらされるがままになって息を止めていると、やがて桐哉が唇を離した。

やっと息ができる、と急いで空気を吸い込んでいると、桐哉の苦々しい声が聞こえる。

「……そんなに嫌か」

「はぁっ、はぁっ……え？」

呼吸困難寸前だった羽衣には、彼が何を言っていたのかよく聞き取れなかった。

「だが、もう遅い」

短く唸るように言って、桐哉が羽衣の衣類を剥ぎ取る。

「あっ……！」

着ていた白いシャツのボタンが弾《はじ》け飛ぶ。

あらわになった白い肌に、桐哉の手が這った。

「ん、あっ……！」

温かい乾いた手のひらの感触に、羽衣の身体が歓喜する。

触れられた場所の細胞が蕩《とろ》け出すようだった。

(気持ちいいっ……！)

それは、カラカラに渇いた喉にようやく水を与えられた感覚に近い。

もっと欲しい。もっとこの手で触れて欲しい。

下着を外され丸裸にされても、恐怖などカケラもなかった。

「き、ちゃっ……きもちいっ……！」

譫言のように言えば、桐哉が一瞬驚いたように動きを止めて、それから吐き出すように笑う。

「……好きでもない男でも、発情期《ヒート》には抗えない、か。悲しいオメガの性質《さが》だな」

彼がまた何か言っているが、発情期《ヒート》の熱で朦朧としている羽衣にはもう届かない。

ただもっと触れてほしくて、必死で彼に向かって両手を伸ばした。

「もっとぉ……！」

「――ッ、クソッ」

唸り声で悪態をつくと、桐哉がガバリと覆い被さってくる。

彼が触れさせてくれたことが嬉しくて、羽衣は微笑んで彼の首に腕を回した。

だが桐哉はその腕をすぐにもぎ離すと、羽衣の乳房を掴んでその上の尖《とが》りに齧りつく。

「ひぁっ」

敏感な場所に歯を当てられて、強い刺激に羽衣の身体がビクリと痙攣する。

だが桐哉はお構いなしに愛撫を続けた。

舌で転がされると、小さな乳首はあっという間に芯を持って硬く凝った。

桐哉の舌で嬲《なぶ》られるたび、ビリビリとした快感が生まれて下腹部に伝わっていく。

溜まった快感が熱となって、とろりと何かが溶け出すのを感じた。

「ッは、すごい匂いだな……。これが発情期《ヒート》フェロモンか……」

桐哉が動きを止めて呻《うめ》く。

「……くそ、脳が溶けそうだ」

忌々《いまいま》しげな口調に、羽衣は朦朧としながらも悲しくなった。頭がうまく働かないけれど、桐哉が怒っているのは悲しい。

だからイヤイヤと首を横に振った。

「怒らないでぇ……」

羽衣の哀願に、桐哉が驚いたような表情になって、それからフッと微笑んだ。

「……怒ってない」

「ほんと？」

「ああ、本当だ」

優しい声にホッとして、羽衣はふにゃりと相好を崩す。

その笑顔を見て、桐哉が困ったように眉を下げ、ため息をついてキスをしてきた。

今度のキスは、優しかった。啄《ついば》むように唇を喰《は》まれ、労わるように口内を舐《な》められる。

桐哉からのキスも、優しさも嬉しくて、羽衣はうっとりとしながら瞼《まぶた》を開く。

すると黒曜石のような桐哉の瞳が、こちらをまっすぐに見つめていた。

「きーちゃん……」

昔のままの呼び名に、桐哉がまた困ったように苦い笑みをこぼす。

「甘ったれは、昔のままか……」

そのセリフに、ギクリとなった。

(……そうだった。私は、甘ったれな性根を直そうと、ずっと頑張ってきたはずだったのに……)

桐哉に見直してもらいたかったから、一生懸命努力してきたはずだったのに。

ちゃんとしなくては、と思うのに、発情期《ヒート》のせいか、正常な思考が保てない。

桐哉の傍で彼の匂いに包まれていると、頭の中が彼に触れたい、触れられたいという欲望でいっぱいになってしまうのだ。

「ごめ……」

自分を制御できないことが情けなくて謝ろうとすると、桐哉が不思議そうに目を丸くした。

「なぜ謝る？　……甘ったれなお前は、可愛い」

彼はひどく甘い声で言いながら、羽衣の首筋に顔を埋める。

「あっ」

頸《うなじ》を吸い上げられて、ゾクッとした快感が背筋を伝った。

桐哉の唇は首から鎖骨に下り、その窪《くぼ》みを舌でなぞっている。

その間も、彼の手は別の場所を弄《まさぐ》っていた。

細い肋骨を数えるように撫で下ろすと、くびれた柳腰の曲線を辿《たど》って柔らかな太腿へと至った後、小さな臀部《でんぶ》を揉《も》みほぐし始める。

「んっ、……っ、ふぅっ……！」

どこを触られても、気持ち良かった。

はしたない声が出そうになるのを、奥歯を噛み締めて必死で堪える。

彼に愛撫された場所は全て、火を点けられたように熱くなり、そこだけ感覚が鋭敏になって、彼の吐息だけで肌が粟立《あわだ》ち、電流のような快感が身体の中に走る。

熱くて、気持ちよくて、頭が変になりそうだった。

「きーちゃ……、ぁっ、ひ、ぁあっ、そこ、やぁっ……」

感じやすい内腿を優しく擽《くすぐ》られると、堪らず鼻にかかった啼《な》き声のような声が出た。

身の内に溜まった快楽の熱を持て余し、ビクビクと身を震わせる。

立ち上がった乳首を喰んでいた桐哉は、羽衣の泣き言にクスクスと笑った。

「良い声で啼くんだな」

「あ、だってぇ……！　ぁあっ、ダメェっ、噛まないで……！」

桐哉はなおも羽衣の乳首を歯の間に挟み、舌先でそれを転がして遊んでいる。

ただでさえ敏感になっているのにそんなふうに執拗に弄《いじ》られたら、快感がすぎて苦しくなってしまう。

それなのに、桐哉が無情に言った。

「もっと啼け、……ほら」

長い指が内腿を這い、脚の付け根にスルリと入り込む。

誰にも許したことのない秘めた場所に触れられて、羽衣の腰がビクリと跳ねた。

ぬち、と粘着質な水音がして、桐哉がクスリと笑うのが聞こえる。

「さすが、オメガだ。もうすっかり準備は整っている」

言いながら、桐哉は無遠慮に蜜口に指を挿《さ》し入れた。

「ふぁっ……！」

そんな場所に誰かの指を受け入れたは初めてだ。自分の指だって挿《い》れたことはない。

そこが生殖行為で使われる場所だと分かっていても、発情期《ヒート》を完璧にコントロールしてきた羽衣にとって、性欲は無縁のものだったからだ。

それなのに今、羽衣のそこは桐哉の長い指を根本まですんなりと呑み込んでいた。

(あ、あ、あぁ……どうしよう、私、初めてなのに……気持ち、いい……!)

これがオメガの性質《さが》と言えばそれまでだ。

アルファとの生殖が存在意義と言ってもおかしくない性なのだから。

発情期《ヒート》を起こした時に、いつでもアルファを受け入れられる身体になっているのだ。

「すごいな。二本目もあっという間に呑み込んでしまった」

桐哉はクツクツと笑いながら、二本の指で羽衣の膣内《ナカ》をぐちゃぐちゃと掻き回す。

節だった指を曲げられて蜜襞を引っ掻かれたり、隘路《あいろ》を広げるように指を広げられたりすると、キュンキュンと腹の奥が疼《うず》いた。

(ああ……足りない……もっと、もっと、欲しいのに……!)

自分が何を求めているのか、快楽の熱に侵された羽衣には分からない。

だが身の内側が物足りなくて、切なくて、身悶えしたくなるような欲求が込み上げてくる。

その衝動を堪えきれず、羽衣は腰を浮かせて泣き声をあげた。

「きー、ちゃっ……、おねがっ……もうっ……！」

その哀願に、桐哉が羽衣の中から指を抜いて、それを翳《かざ》すようにして羽衣に見せる。

大きな手の半分ほどが、濡れてテラテラと光っていた。

それが自分の淫液だと分かった羽衣は、カッと顔を赤らめて視線を逸らそうとしたが、桐哉がその手を舐めるのを見てギョッと目を見開く。

「やっ……！　やめて、汚いからっ……！」

羽衣が止めるのを無視して、桐哉は赤い舌を伸ばし自分の指についた愛蜜を舐め取っていく。

その光景は、ひどく不思議で、淫靡《いんび》だった。

無駄《むだ》な贅肉《ぜいにく》のない鍛え上げられた肉体を惜しげもなく晒《さら》し、異国の神のように美しく逞しい男が、自分の淫欲に濡れた手を舐め清めている。

羽衣はこれまで、桐哉という存在をどこか神聖視してきた。

子どもだった自分を甘やかし、面倒を見てくれた初恋の人だ。

散ってしまった幼い恋への執着と会えない寂しさを、思い出と妄想で宥《なだ》め続けてきたせいなのだろう。

羽衣にとって桐哉は思い出の中の存在で、肉感的な実像を伴っていなかった。

だが今、目の前の桐哉は、圧倒するほどの存在感と、蠱惑《こわく》的な色香で羽衣の視線を奪った。

桐哉は羽衣の目が自分に釘付けになっていることに、満足そうに口の端を上げた。

そしておもむろに自分の手を下げると、見せつけるようにして穿いていたスラックスの前を寛《くつろ》げる。

「……ッ」

羽衣は絶句した。

開かれたファスナーを割るようにして飛び出してきたのは、太く雄々《おお》しい男根だ。

赤黒く、張り出した傘の部分が光っていて、陰茎には太い血管が脈打っている。

男性器は、学生時代の教科書や医学書などで見たことはあったが、本物を目にするのは初めてだった。

グロテスクで、凶暴そうだと思った。

それなのにそれが桐哉のものだと思うと、怖いという気持ちは湧いてこない。

それどころか、これが今から自分の中に挿れられるのだと思うと、胸がドキドキと高鳴った。

桐哉はそれを片手で持つと、もう片方の手で羽衣の脚を掴んで開かせる。

「あ……」

羽衣はどこか呆然と一連の動きを眺《なが》める。

桐哉の所作に惑いはなかった。

彼は当たり前の行為だと言うように、開かせた羽衣の脚の間に陣取ると、自身の熱杭を蜜口に当てがって、そのまま一気に突き挿れた。

「あ、あああぁっ⁉」

ずぶりと一息に串刺しにされて、羽衣は甲高い悲鳴をあげる。

痛みはない。ベータ女性の場合、初めての性行為には痛みを伴《ともな》うものだというが、アルファとオメガはそうではない。

アルファ女性はそもそも挿入する側だし、オメガ女性は発情期《ヒート》状態では性行為に特化した身体となるからだ。

膣は柔軟に、性器内部から豊富に潤滑液が分泌される。

発情期《ヒート》フェロモンに当てられ、本能丸出しとなったアルファの荒々しい行為にも対応できるようにするためだ。

だが痛みはなくとも、桐哉の男根はあまりにも大きかった。

入り口の粘膜が引き攣《つ》れ、内臓を押し出されるような圧迫感に全身から汗が噴き出し、四肢が強張《こわば》るのを感じた。

「く、くる……しぃっ、ああっ」

経験したことのない苦痛に身悶えし、逃れようとする羽衣の身体を、桐哉が上からのし掛かるようにして押さえ込む。

自分よりも一回り以上大きな身体に押さえられ、恐怖を抱いてもいいはずなのに、どうしてか羽衣は安堵してしまった。

裸の身体同士が密着し、熱い桐哉の肌の感触が心地好い。

（ああ、きーちゃんの、匂い……）

シトラスとブラックティの香水に、彼の肌の匂いが混じった、独特の香りだ。

この香りを嗅ぐと、羽衣は無意識に身体の力を抜いてしまう。

桐哉を信頼できる相手だと本能的に認識していて、彼に守られているような気持ちになってしまうのだ。

くたりと彼に身を預けたのが分かったのか、桐哉がフッと眼差しを緩めてキスしてくれた。

「いい子だ、羽衣。そうやって力を抜いていろ」

唇を外してそう言って、桐哉が上体を起こして羽衣の両膝を抱え上げる。

「いくぞ」

短く告げた後、いきなり激しい抽送が始まった。

「きゃ、ぁ、ぁあっ、あ、ん、あぁぁっ」

桐哉の動きは容赦がなかった。猛《たけ》った陰茎をギリギリまで引き抜いたかと思うと、叩き込むように突き入れられる。

硬い切先で何度も最奥を抉《えぐ》られると、鈍痛の奥に火の玉のような快感が溜まっていくのを、羽衣は感じていた。

桐哉の肉棒は凶暴だった。

出し挿れのたびに張り出したエラの部分でゴリゴリと膣壁をこそがれると、腹の奥から愛液がどぷどぷと溢れ出てくるのが分かる。

(気持ちいい……気持ちいい……！)

桐哉に内側を犯される行為の全てが、気持ち良かった。

頭の中は真っ白で、ただ桐哉の与えてくれる快感を追いかけることだけしか考えられなくなっていた。

最初こそただ受け入れるだけだった隘路は、今や桐哉の肉棹に絡みつき搾《しぼ》り取るように収斂《しゅうれん》している。

「は……っ、くそ、持っていかれそうだ……！」

呻くような桐哉の声がしたが、快楽に溺《おぼ》れる羽衣の耳にはもう入ってこなかった。

嵐の海の小舟のように蹂躙されて、上も下も、右も左も分からない。

ただひたすら、桐哉だけを感じていた。

彼に、全部明け渡したかった。彼に、全てを埋めてほしかった。

「きー、っちゃ……！」

羽衣は桐哉を求めて、両腕を広げる。

抱き締めてほしい。抱き締めさせてほしい。

言外の願いが伝わったのか、切羽詰まった顔で羽衣を見下ろしていた桐哉が、眉を顰《ひそ》めて苦笑いをする。

「……甘ったれが」

叱るように呟いた声は、けれど優しかった。

桐哉は上体を倒し、羽衣を抱き締めるようにしながらも、腰を振る速度は落とさない。

執拗に羽衣の中を犯そうとするその行動は、早くこのオメガを自分のものにしてしまいたいという、アルファ特有の本能の表れなのかもしれない。

だが羽衣もまた、桐哉のものになりたくて仕方なかった。

腹の底に溜まった愉悦の熱が、滾りきって白く光り始める。

「あ、ああっ、きーちゃん、きーちゃんっ……羽衣の、首、噛んでぇっ」

焼けつくような衝動のまま、逞しい首に縋りついて叫ぶと、獣《けもの》のような唸り声が響いた。

次の瞬間、首に鋭い痛みが走る。

「――あ」

眼裏に青白い星が瞬《またた》くのを見ながら、羽衣は絶頂に駆け上がった。

それとほぼ同時に、羽衣の内側に突き挿れられた桐哉が弾ける。

ドク、ドク、と子種が子宮に吐き出されるのを感じながら、羽衣はゆっくりと目を閉じたのだった。

第三章　結婚

目を覚ますと、桐哉《きりや》の寝顔があった。

「……っ⁉」

仰天《ぎょうてん》した羽衣《うい》は、息を呑《の》んで周囲を見回して、昨日あったことを思い出す。

（……あ、そうか。私、昨日……）

桐哉と食事に行く予定だったのが、途中で発情期《ヒート》の発作を起こして、急遽《きゅうきょ》桐哉のマンションに連れ込まれたのだ。

そこから先の展開を思い出し、羽衣はカッと顔に血が上る。

（……わ、私……桐哉くんと、しちゃった……！）

オメガは一度発情期《ヒート》状態になると、アルファとセックスしなければ治まらない。そうでなければ、ずっと発情期《ヒート》フェロモンを出し続け、衰弱死してしまうそうだ。

発情期《ヒート》状態の時の辛《つら》さを思い出し、羽衣は小さく身震いをした。

（……確かに、あんな状態が長引けば、死んじゃうのも分かる……）

身体が異常に熱く、汗も多量に出ていたし、心臓もバクバクと早鐘を打っていた。

（発熱、発汗、心拍数の上昇……そんな状態が続けば、身体が疲弊して衰弱死するのも当然よね。どう考えても病気の症状そのものだもの）

つまりオメガは、発情期《ヒート》を迎えるたびに命の危険に晒《さら》されているということだ。

アルファとベータに比べ、オメガが弱い遺伝子だと言われてきたのは、このためもあるのだろう。

発情期《ヒート》をコントロールする抑制薬が開発されたこと、そして法改正されたことでオメガの生存率は飛躍的に上がったが、それ以前のことを思うと胸が痛む。

発情期《ヒート》を起こしたオメガが複数のアルファによって強姦《ごうかん》され死亡したり、アルファと巡り会えずに衰弱死したりしていったのだろう。

（オメガの人口が少ないのはそういう理由もあるのよね。本当に、抑制薬が開発されて良かった……）

そうじゃなければ、自分とてこれまで何回命を落としていたか分からない。

（でもそういえば、どうして私は急に発情期《ヒート》を起こしたりしたんだろう……？）

羽衣が今まで発情期《ヒート》を起こさなかったのは、薬で抑えていたこともある。発情期《ヒート》は起きてしまえば性行為をしなければ治まらない。羽衣の場合、相手は婚約者だった藤生となる。藤生とはお互いに性的な目で見ることはなかったため、正式に結婚するまでは発情期《ヒート》を起こさないようにしようと、二人で話し合って決めていた。

抑制薬で完璧に発情期《ヒート》コントロールできていたはずなのに。

(薬が合わなくなったってこと?)

確かにフェロモン抑制薬は体質によって合う合わないがあるため、合わないものを飲むと効かなかったり、体調不良を起こしたりするのだ。

だが昔と違って抑制薬も数種類あるし、その中で自分に合うものを探し量を調整することで、ほとんどのオメガに対応できるようになった。

羽衣は小清水《こしみず》家の専属医によって、抑制薬によるコントロールを完璧にされている。毎月血液検査と診察を受けているし、体調が変化したとしても医師がすぐ気づいて薬の処方を変えてくれているはずなのだ。

悶々《もんもん》と考え込んでいると、大きな手が伸びてきてむぎゅっと頬を抓《つね》られた。

「……! 桐哉、くん……」

いつの間に目が覚めていたのだろう。

桐哉の美しい目が開いて、こちらをじっと見つめていた。

（……桐哉くん、まつ毛、長い……）

至近距離で顔を見て、改めて美しい男だと思う。

精悍《せいかん》な輪郭、凛々《りり》しい眉、黒曜石《こくようせき》のように光る目、高い鼻筋、形の良い唇……どれをとっても美術品並みの美しさだ。それらが完璧なバランスの位置に収められているのだから、遺伝子の妙とはこのことか、と思ってしまう。

（パーツだけ見れば、藤生《ふじお》さんにもやっぱり似てるのね……）

全体的には、桐哉と藤生はかけ離れた容貌をしているように見えるのに、不思議である。

柔和で優しげな藤生と、厳しく強そうな桐哉。まるで静《せい》と動《どう》だ。

だが共通しているのは、両者共に信じられないくらい美しいということだろう。

「お、起きてたのね……。おはよう……」

その美しい男にじっと見つめられ、羽衣はちょっと狼狽《うろた》えてしまう。

それも仕方ない。

ずっと恋い焦《こ》がれてきた人と一夜を迎えた翌朝なのだから。

ドキドキしながら桐哉の顔を窺《うかが》えば、彼は眉間に皺《しわ》を寄せていた。その難しそうな表情に、羽衣はハッとして自分のしでかしたことを思い出す。

（そうだ、私、ヒートテロで桐哉くんを襲ったんだった……）

もちろん意図的にやったことではないが、羽衣の発情期《ヒート》フェロモンに当てられて、桐哉が発情を誘発されたのは事実だ。

婚約が決まっていたから良かったものの、同意を得ていなかったのだから、桐哉的には不本意な行為だったはずだ。

血の気が引く思いで、羽衣はその場でガバッと頭を下げた。

「ごめんなさい……！」

羽衣の謝罪に、寝室に短い沈黙が降りる。

きっと怒っているのだろうと、怖くて顔を上げられずにいた羽衣は、不思議そうな桐哉の声に驚いた。

「……なぜお前が謝るんだ？」

怒気の感じられない物言いにホッとして、羽衣は顔を上げた。

桐哉は声のトーンどおりの「不可解」という表情をしている。

「あの、だって、私、ヒートテロを起こしちゃって……」

「ああ、そういうことか」

なんでもないことのように返されて、羽衣はポカンとしてしまった。

てっきり同意のない発情期《ヒート》誘発を怒られると思っていたのだ。

「本人にその意図がなければ、ヒートテロとは呼ばないだろう。フェロモンの暴発は別に珍しい現象じゃない。抑制薬が合わないオメガだって存在するんだから」

「あ……それは、そうなんだけど……」

アルファである桐哉の口からそんなことを言われて、羽衣は戸惑いながらも嬉《うれ》しかった。

一般的にヒートテロの被害者はアルファであるとされる。

オメガが計画的に起こした発情期《ヒート》であれば確かにそうなのかもしれないが、そうでない場合はオメガも被害者だ。望んだ相手ではないアルファに犯されることになるのだから。

だが、そうだとしても、アルファは被害者だ。

同意のないヒートが、ヒートテロであろうがなかろうが、アルファにとっては嫌悪と蔑視《べっし》の対象であるのが今の世の現状だ。

(……それなのに、桐哉くんはちゃんと分かってくれていた……)

アルファであるにもかかわらず、オメガにも寄り添い、現実を正しく把握したものの見方をしてくれている。

そのことに、羽衣は感動してしまった。

「あ、あの、ありがとう」

嬉しい気持ちのまま礼を言うと、桐哉はまた不思議そうな顔になった。

「それは、なんの礼だ？」

「だって、ヒートテロじゃないって……分かってくれたから」

羽衣の答えに、桐哉は盛大に怪訝《けげん》な表情になる。

「お前が俺を陥《おとし》れる理由がないだろう。そもそも婚約者なんだ。ヒートテロなんぞ起こさなくとも、俺はお前を抱いてた」

「……っ」

キッパリとした口調でそんなことを言われ、羽衣は絶句してしまう。

顔が真っ赤になってしまったが、好きな人に「お前を抱いてた」なんてセリフを言われて赤くならない人間がいるだろうか。

なんと答えればいいのか分からず、赤面したままおろおろとしていると、桐哉がニヤリと意地悪そうな笑みを浮かべた。

「顔、真っ赤だぞ」

「きっ、桐哉くんが、そんなことを言うからでしょ？」

「そんなことって？」

「だ、抱いてた、とか……！」

唇を尖《とが》らせながら言うと、桐哉は呆《あき》れたように眉を上げる。

「お前、その程度で赤くなっていたら、この先どうするんだ」

「この先？」

意味が分からずきょとんとしていると、桐哉は身体を起こしてベッドから立ち上がった。彫像のように完璧な裸体が目の前に晒されて、羽衣は息を呑《の》む。逞《たくま》しい肉体美に、目が釘付けになってしまった。

そんな羽衣を見下ろし、桐哉は手を差し出した。

「俺と番《つがい》になったんだ。もっとすごいことを、お前はこれからたくさん経験することになる」

「番《つがい》……」

言われて、ようやく思い出す。

（あ、そうだ……！　私、首を……！）

発情期《ヒート》中は頭が朦朧《もうろう》としていて、行為の記憶はどこか曖昧《あいまい》だったが、行為の最後に「首を噛《か》んで」と強請《ねだ》った気がする。そして桐哉がそれに応え、噛んでくれたのだ。

サッと手で自分の首を確認すれば、そこには噛み跡のような傷があり、周囲が腫《は》れているのが分かった。

オメガの発情期《ヒート》中に、アルファに膣内射精されながら首を噛まれると、番《つがい》契約は締結する。

「じゃあ、私たち、もう番《つがい》なのね……？」

羽衣はやや呆然としながら呟《つぶや》いた。

長い間焦がれていた相手と、番《つがい》になれたなんて。婚約したからいずれはこうなるとは思っていたが、まさか再会して数日で番《つがい》になってしまうとは。

藤生との婚約破棄がこんなことになるなんて、当時の羽衣は思ってもいなかった。

（……なんだか、夢みたい……）

夢心地だった羽衣は、自分のその呟きに桐哉が苦い顔をしたのに気づかなかった。

「――そうだ。これでお前はもう俺から逃げられない。覚悟しておくんだな」

「逃げるって……」

そんなことをするわけがないのに。

否定しようとしたのに、桐哉は羽衣に背を向けてどこかへ行こうとする。

「き、桐哉くん？　どこへ行くの？」

「バスルームだ」

こちらを振り返らないまま素っ気なく言い返され、羽衣はしゅんとしてしまった。

初体験の翌朝だから、もう少し傍《そば》にいてほしいと思うのは、贅沢《ぜいたく》なことだろうか。

（……でも、そうだよね。桐哉くんにとって、私は望んだ番《つがい》じゃないもの。王寺《おうじ》家の次期当主として、彼はやるべきことを為《な》しただけ）

昨日抱いてくれたのも、きっとそれだけだ。婚約者となったオメガが発情期《ヒート》を起こしたなら、それを止めるのが自分の役割だと割り切った行動だったのだろう。

ネガティブな考えに陥りそうになって、羽衣は慌ててそんな自分を叱咤《しった》する。

(だめだめ！　すぐ悲劇のヒロインになろうとする！　そういうところが甘ったれなんだから。しっかりしなさい、私！)

こういう時は、建設的で論理的な思考が大切だ。

(でも、それを悲しいと思う権利は、私にはない。自分の発情期《ヒート》に彼を巻き込んだのは私だし、私だって小清水家のオメガだもの。桐哉くんと円満な夫婦関係を築くのが、両家にとっての最善。だったら、私は前向きにその努力をすべきだわ)

心の中で自分を鼓舞《こぶ》していると、バスルームの方から桐哉の声が響く。

「お前も準備しろよ、羽衣。今日は忙しいぞ」

「え、忙しいって……？　今日、私、休みを取ってるんだけど……」

家に帰ってダラダラするつもりだったから驚いて聞き返すと、ドスドスと荒い足音を立てて、桐哉が全裸のままバスルームから引き返してきた。

そしてびっくりしている羽衣の前に仁王立《におうだ》ちになると、厳しい表情で睨《にら》み下ろす。

神々《こうごう》しいまでの全裸で目の前に仁王立ちされて、どこに目をやっていいか分からない。とりあえず桐哉の顔を見ておこう、と鋭《するど》い彼の目を凝視した。

（うう、鋭い……）

その眼差《まなざ》しで刺されてしまいそうだ。

「なに寝ぼけたことを言ってるんだ。俺たちは結婚するんだぞ」

「そ、それは分かっているけど……」

「籍は今日入れに行く。結婚生活はすぐに始めるつもりだから、お前には今日からここに住んでもらう。そのために準備が必要だろう」

「えっ⁉」

初めて聞く話に、羽衣は目を白黒させた。

確かに桐哉と婚約したが、それはつい数日前の話だ。それなのにいきなり結婚準備だの同棲だの、あまりにもいろいろ急すぎる。

何がどうしてそうなった。

「ちょっと待って！　きょ、今日からここに住むって、いつ決まったの？」

狼狽える羽衣に、桐哉は盛大なため息をついて腰に手を当てる。

「お前な。俺たちは昨日番《つがい》になったんだぞ」

「そ、それは分かってるけど」

「分かってない。番《つがい》になるには、オメガが発情期《ヒート》を起こしている時に、アルファに首を噛まれながら膣内射精されなくてはならない。そしてアルファとオメガのセックスでは九割以上の確率で妊娠するんだ」

「あ……！」

指摘され、羽衣は思わず自分のお腹に手を当てた。

「私、今、妊娠してるかもってこと……？」

羽衣の問いに、桐哉はやれやれといった表情で首肯する。

「……そっか。ここに、桐哉くんの赤ちゃんが、いるかもしれないのか……」

そう思った瞬間、胸の中に広がったのは温かい感情だった。

いろんなことが一度に起こりすぎて、ほとんど実感がなかったけれど、本当に桐哉と番《つがい》になるのだ。それがどうしようもなく幸せで、羽衣はふにゃりと相好《そうごう》を崩した。

「嬉しい……！」

心のままにそう呟くと、桐哉が驚いたように目を見張る。

「……嬉しいのか？」

「嬉しいよ！　当たり前でしょ？」

なぜそんなことを訊《き》かれるのか分からず首を傾《かし》げると、桐哉は「いや……」と口元を手で押さえながらそっぽを向いた。

「……シャワーを浴びてくる」

「え、ええ……」

やらねばならないことを思い出したのだろう。

思い出すのが少々唐突ではあるが、桐哉はそそくさとバスルームへと戻っていった。

そそくさとしていても、その後ろ姿はミケランジェロのダヴィデ像のように美しい。

羽衣はポカンと彼を見送りながらも、右手はお腹を押さえたままだった。

＊＊＊

役所に結婚届を出すのはあっという間だった。

桐哉はすでに、自分の署名と互いの親の署名がされた用紙を三枚用意していて、後は羽衣が名前を書くだけだった。ちなみに、残り二枚は羽衣が書き損じた時の保険らしい。

結婚届の提出は淡々と終了し、桐哉と羽衣は晴れて夫婦となったものの、正直に言えばなんの感慨《かんがい》もなく終了してしまった。

羽衣はちょっと物足りなく思いながら、駐車場で桐哉の車に乗り込んだ。

今日は王寺家のお抱え運転手付きの大きな車ではなく、桐哉の運転する車だ。

（桐哉くん、「普通の自家用車」って言ってたけど……「普通」なのかな、これ。……結構大きいけど……）

普通というには少々首を傾げるが、桐哉が運転して乗る車なので、「自家用車」には違いないだろう。

羽衣は車に全く興味がないので分からないが、外装も内装もかなり手が込んでいるから、多分高級車な気がする。

とりあえず車体が高くシートがふかふかしているので、車酔いはしなさそうだ。

羽衣がシートに座ると、桐哉がテキパキとシートベルトを締めてくれた。

それくらい自分でできると言いたかったが、桐哉は昔から心配性で、子どもの頃も、羽衣が歩くたびに「そこに石が落ちてる」だの「床が滑るから走るな」だのと細かく注意してくるような人だった。

（……それに、今は私が妊娠してるかもしれないしね……）

もともと庇護《ひご》欲の強いタイプだったが、心配の種が二つになってしまって、それが爆発しているのだろう。

（藤生さんも姫川《ひめかわ》くんにそんな感じだったし、アルファの習性みたいなものなんだろうなぁ）

だから羽衣は、桐哉の過保護を敢《あ》えて止めずに、したいようにさせていた。

桐哉は羽衣のシートベルトを締め終わると、そっとドアを閉め、運転席に回ってきてようやく自分も車に乗り込んだ。

「次はどこに行くの？」

「清原《きよはら》の所に」

「……清原？」

誰だそれは。交際範囲が広くない羽衣の知り合いに、その苗字の人はいない。

「えっと、お友達？」

「知り合いの、一級建築士だ」

「……そ、そう」

じゃあなんのためにその、知り合いでしかない一級建築士の清原さんに会いに行くのだろうか。しかも羽衣は知らない相手である。なぜ一緒に連れて行かれるのだろうか。

羽衣が首を捻《ひね》っていると、桐哉が答えをくれた。

「家を建てる。お前と一緒に住む家だから、内容はお前が決めろ」

「えっ？」

「あのマンションは投資用に買ったもので、当初に適当なコーディネイターに選ばせた家具を置いている。こっちに帰って来ることになって数日住んだが、見てくればかりでどうにも肌が合わない。いずれ総入れ替えするつもりだったが、こうして所帯を持ったんだ。子どももできるだろうし、集合住宅の間取りだのなんだのを変更するより、家を建てた方が手っ取り早い」

まさか「家を建てる」なんて答えが出てくるとは思わなかった。

「えっ、ちょっと待って。家を建てるって……結婚したら、王寺の本家に住むのでは……？」

桐哉は次期当主だ。今は帰国したばかりでマンションで一人暮らしをしていても、羽衣と結婚すれば、夫婦で本家に身を移すのだと思っていた。

だが桐哉はキッパリと首を横に振った。

「いや。本家は煩《わずら》わしい者たちが多すぎる。父や母はまだ話が分かるが、どうでもいい親戚筋の連中がいるからな」

「それは、そうだけど……」

無駄《むだ》に大きい王寺家には、本家以外の親戚筋の人間が入れ替わり立ち替わり出入りしている。そういった者の多くは自己主張が激しく、自分が王寺家で力を持っているのだと言いたいがために、幼い羽衣にもいちゃもんをつけてきたものだ。

半分王寺家で育った羽衣は、そういう手合いにも慣れてしまったが、それでも面倒臭いなと感じることは多々あった。

「関係もないのに不要な横槍《よこやり》を入れてくるのは目に見えている。相手にするだけ無駄だが、うるさい羽虫が目に入らない場所にいた方がストレスが減る。これから子どももできることを考えれば、別の家に住んだ方がいいに決まっているだろう」

「で、でも、それじゃあ親戚の人たちは文句を言ってくるんじゃ……？」

次期当主が本家に住まないとは何事だ、とかなんとか言ってきそうな人は、パッと思いつくだけで十人はいる。恐る恐る訊いた羽衣に、桐哉は嘲笑《あざわら》うように鼻を鳴らした。

「なぜ俺が親戚なんぞを気にしないといけないんだ。そもそもあいつらに指図する権利など端《はな》からない。グダグダ言う奴は海に沈めてやるつもりだが、お前はそういう荒事には向かないからな。最初から離れておくといい」

「と、とりあえず、海に沈めるのはやめていただいて……」

それは犯罪です、と言いながらも、羽衣はおかしくなって笑ってしまう。

(そうか、桐哉くん、私のことを考えてくれていたんだ……)

王寺家という特殊な家に入る覚悟は、小さな頃からできていた。だがこうやって桐哉が守ろうとしてくれることが、嬉しかった。

「ありがとう。……守ろうとしてくれて」

自分は政略結婚の相手で、桐哉が選んだ番《つがい》でないというのに、こんなふうに大事にしてもらえるなんて、本当にありがたいし、嬉しい。

「別に、当然のことだろう。お前は俺の番《つがい》なんだから」

ぶっきらぼうな返事も、桐哉らしい。そんなところも好きだなと思うから、恋とは恐ろしいものだ。

「あ、でも、私、建築とかインテリアとか、全く知識がないのに、大丈夫かしら」

インテリアコーディネイターという専門的な職業があるのだから、家具を選ぶのにもたくさんの知識がいるはずだ。

「私みたいな素人《しろうと》がやるより、ちゃんとコーディネイターさんに選んでもらった方がいいんじゃない？　絶対ダサい部屋になっちゃうと思う……」

正直自信がありません、と言外に匂《にお》わせると、桐哉はフンと鼻を鳴らした。

「俺は他人が選ぶ物じゃなく、お前が選んだ物に囲まれて生活したい。それに、ダサい部屋にならないように、清原のところに行くんだろう。お前は自分の要望を言えばいいだけだ。あとはプロが形にするだけだ」

お前が選んだ物に囲まれて生活したい、と言われて、羽衣の頬にじわりと熱が灯《とも》る。

そんなことを言われて、嬉しくないわけがない。

（……え、ええ～～？　待って、急に、桐哉くん、いきなりすぎて、舞い上がっちゃうからやめて〜〜！）

心臓がバクバクして、期待してしまいそうになる。

――もしかしたら、桐哉も自分を好いてくれているのではないか、と。

（……これが彼にとって、望んだ結婚だったら良かったのに……）

自分たちの関係が政略で、愛の伴《ともな》わない結婚だという事実を、羽衣は心の底ではいつも嘆いている。だから、少しでも甘いことを言われたら、つい縋《すが》りたくなってしまうのだ。

「そ、そっか……。じゃあ、頑張ってみる」

「ああ。そうしてくれ」

羽衣にとってはめちゃくちゃ嬉しいし、意味深に感じる一言だったけれど、桐哉にとってはそうでもなかったらしい。

何事もなかったように車を発進する様子に、羽衣は勝手に期待して浮かれる自分に少し恥ずかしくなったが、そのおかげで浮かれた気持ちが落ち着いてくれた。

（……大丈夫。分かってる。これは政略結婚。私にできるのは、桐哉くんと良好で穏便な番《つがい》関係を構築することだけ……）

間違っても、彼に愛されたいなどと望んではいけない。

（結婚して、番《つがい》になってくれただけで、十分じゃない。これ以上、何を望むの）

それ以上望めば、自分が苦しくなることを分かっている。

だから羽衣は、自分の浅ましい恋心を、そっと胸の奥にしまい込んだのだった。

＊＊＊

桐哉の知り合いだという建築士の清原という男性は、とても優しそうな紳士だった。

なんでも桐哉の大学時代の友人らしいが、同じ大学の学友だったわけではなく、友人を通して知り合ったらしい。

「僕、海外の建築に興味があって、大学時代に一年休学して、世界中を転々としながら建築を見に行ってたんですよ。でもほら、学生で金がないでしょう？　だから現地の友達の家に泊めてもらったりね」

「なるほど。建築巡りの旅ってことですか？」

「そうそう、ヨーロッパは見たい所だらけですよ。……で、ロンドンに雪彦《ゆきひこ》って僕の中学校時代の同級生が一家で住んでて、そこにもお世話になったんですけど」

「はい」

羽衣は身を乗り出すようにして清原に相槌《あいづち》を打った。自分の知らない桐哉の話が聞ける機会は貴重だ。会いたくて焦がれていた頃、彼がどんなことをしていたのかという話は、興味が尽きなかった。

「雪彦は桐哉くんと大学の同級生で、フィールドワークの課題のために桐哉くんが雪彦の家にやって来てて……。ちょうどその時に僕も雪彦の家にご厄介《やっかい》になっていて、そこで初めて会ったってわけです」

「へえ〜！」

「ふふ、あの時桐哉くん、風子《ふうこ》ちゃんに纏《まと》わりつかれて大変だったよね」

纏わりつかれる、というフレーズに、羽衣の胸がチクリと痛む。

かつて自分が桐哉にしてきた結果、嫌われてしまったことだからだ。

「風子ちゃんって誰ですか？」

「雪彦の妹ですよ。当時十五歳くらいかな。桐哉くんのことが大好きで、いっつもちょっかいをかけては、桐哉くんに叱《しか》られていたなぁ」

「へえ……、そんな、ことが……」

羽衣は相槌《あいづち》が曖昧《あいまい》になってしまった。

過去の自分の愚《おろ》かさを突きつけられている気持ちになったのと同時に、桐哉の傍に自分以外の女性がいた事実に、胸がモヤモヤとした。

（……落ち着きなさい、羽衣。そんなの過去の話だし、そもそも私に嫉妬する権利なんてないでしょう？）

単に大学生のお兄ちゃんに、中学生の女の子が憧れていた、という微笑《ほほえ》ましい話だし、そもそもその頃桐哉は自分の婚約者ですらなかったのだから。

分かってはいてもモヤモヤはなくならず、そんな自分を持て余していると、隣から深いため息が聞こえてきた。

「……はあ。無駄話はもういいから、さっさと依頼の話を進めてくれ。俺たちは家を建てるためにここに来たんだ」

不機嫌そうな声に驚いてそちらを見れば、ソファの背もたれに身を預けた桐哉が、うんざりしたような表情で清原を睨んでいる。

「おっと。ごめんごめん、桐哉くん。いやぁ、それにしても桐哉くん、全然変わらないねぇ。やっぱりアルファだからかな。見た目も若いし、尊大な態度も昔のまんまだ！」

清原はニコニコしているが言っていることが結構辛辣《しんらつ》で、羽衣は驚いてしまう。

優しそうな紳士だと思ったが、なかなかクセの強い人なのかもしれない。

だが桐哉は慣れているのか気にした様子もなく、フンと鼻を鳴らした。

「見た目が変わらないのはアルファであることと関係ないだろう」

「え、そうなの？　雪彦も全然変わってないから、てっきりアルファって年を取らないものなのかと思ってたよ！」

清原の発言に、羽衣は「あら」と思う。

「その雪彦さんって方も、アルファなんですか？」

「ああ、そうそう。雪彦もアルファなんですよ。二人とも、いかにもアルファらしい偉《えら》そうな美丈夫なもんだから、ベータの僕は怯《ひる》んじゃって大変でしたよ～」

あはは、と笑う清原に、桐哉が呆れたように目を眇《すが》めた。

「よく言うよ。その偉そうなアルファ二人相手にニコニコしながら皮肉やイヤミのオンパレードできるベータなんぞ、お前くらいのものだ」

その発言に、羽衣は「なるほど」と心の中で頷《うなず》いた。

やはりさっきの印象は正しかったらしい。この清原というベータはなかなかクセのある人物のようだ。

（……でも、だから桐哉くんはこの人を気に入っているんだろうな）

辛辣な態度を取っているが、気の置けない会話から、桐哉が清原を好ましく思っていることは明白だ。

総じて傲慢《ごうまん》だと言われるアルファの中でも、桐哉はかなり威圧感のあるタイプだ。

その桐哉を相手にしても臆することなく接してくれる人間はそういない。

王寺家のアルファであることから、自分に阿《おもね》る人間ばかり見ている桐哉の目に、清原が好感の持てる人物に映ったのは当然だろう。

「え〜、そうかなぁ。僕はいたって普通のベータだと思うけど」

「ベータはともかく、お前は普通じゃないから安心しろ」

にべもない桐哉の態度に清原は苦笑していたが、何かを思い出したように手を叩《たた》いた。

「あ、そうだ。そういえば、風子ちゃんがこっちに来てるって知ってた？」

その情報が意外だったのか、桐哉がピクリと眉を上げる。

「……いや。雪彦とは卒業以来連絡を取ってないからな」

「え〜？　薄情もの〜！」

「仕事が忙しかったんだ。向こうだってそうだろう」

「まあそうかもしれないけど。で、風子ちゃん、すごいんだよ！　あの子、君たちと同じ大学で遺伝学やってて、なんとドクターまでとっちゃったんだ！」

「へえ……」

そう呟く桐哉の口の端がわずかに上がっていることに、羽衣は気がついた。

桐哉が他人の話題でこんな表情をするのは珍しい。

それが彼に懐《なつ》いていたという少女の話題だったことに、羽衣の心の中にまたモヤモヤが湧いてくる。

「あのチビ、頑張ったんだな」

「ね～！　あの小さかった子がよく頑張ったよね～！　しかもあの子、オメガだったでしょう？　偏見も多い中、本当に偉いよ」

（――えっ……？　その人、オメガなの……？）

清原が何気なく漏《も》らした情報に、羽衣はギクリと心臓が軋《きし》む。

オメガは希少だが、いないわけではない。だからその風子という少女がオメガであっても、なんら驚く必要はない。

けれど自分の知らない桐哉が、自分以外のオメガを傍に置いていたという事実が、どうしてか羽衣の心にずしりとのし掛かった。

思い出話をする二人は、羽衣の様子が沈んだことに気がつかない。

楽しげに話題の人について話し続けた。

「それで？　日本に来てるってのは？」

「ああ、なんでも大学の研究室を出て、製薬会社に入ったらしいんだけど、そこの東京支社に配属されたんだって。確か、ランバート・プリンス社、だったかな？」

清原の挙げた会社名に、桐哉と羽衣は同時に目を見開く。

聞き覚えがありすぎる名前だった。

「ランバート・プリンスだと？」

「……それって……」

ちょうど羽衣が研究所に入所した頃に、王寺グループがアメリカの製薬会社を合併したことで話題になった。それが世界でも大手の製薬会社だったから、ニュースでも大々的に報道されていたはずだ。

羽衣が桐哉を見ると、彼は苦虫を噛み潰したような顔で頷いた。

二人の様子を見て、清原がきょとんとした表情になる。

「え？　何？　ランバート・プリンスって何かあるの？」

「……その製薬会社の元の名前はランバート。三年前に合併されてランバート・プリンスになった」

「え……プリンスって……」

「……うちの系列会社だ」

むっつりとした口調で言う桐哉に、清原が「えーっ⁉」と悲鳴のような声をあげた。

「ちょっと、桐哉くん自分の会社でしょ⁉　なんで風子ちゃんが入社したこと知らないの？」

清原の指摘に、桐哉は盛大に顔を顰《しか》める。

「俺は先月までロンドンにいたんだよ。大体、うちのグループにどれだけ会社があると思ってるんだ。膨大にある子会社の一つにどんな人間が入社したかなんて、いちいち把握してるわけないだろう」

「えー、そんなもんなのかぁ……」

「無駄話は終わりだ。とっとと話を進めるぞ。お前は仕事をする気があるのか？」

桐哉の低い唸《うな》り声に、清原が「もう、アルファこわーい」と泣き真似《まね》をする。

そんな二人の会話を聞きながら、羽衣は心の中のモヤモヤが、どんどん大きくなるのを感じていた。

（……私の知らない桐哉くんを、知ってる女《ひと》が、すぐ傍に来てる……）

ただ来ているだけだ。桐哉と接触があるわけじゃない。

そんな些細《ささい》なことにまで嫉妬していたら、桐哉の妻など務まらないと分かっている。

（気持ちを切り替えなくちゃ）

そう思うのに、小さな不安はいつまでも胸の中から出て行こうとしなかった。

第四章　運命の番

桐哉《きりや》と羽衣《うい》が籍を入れてから一週間が経った。

一緒に暮らすという宣言どおり、桐哉は業者を使って羽衣の引っ越しを済ませてしまった。

「必要最低限の物だけ運び入れて、あとは捨てろ。新しい物を買ってやる」

桐哉らしい強引さで物事を進められそうになり、さすがに羽衣は反抗した。

「私のマンションにある物全て、必要です。私が気に入って買って、使っている愛着のある物なの。捨てたりなんかしないし、新しい物を買うかどうかは私が決めることだから、口出ししないでほしい」

キッパリと言うと、桐哉は少し驚いたように目を丸くしたけれど、すぐに「分かった」と頷《うなず》いた。

（……なるほど。ちゃんとこっちの意思を伝えれば、無理強《じ》いはしないのね）

そういうところは、昔と変わっていないようでホッとした。

桐哉は子どもの頃も、羽衣が嫌だということは絶対にしない人だったのだ。

恋い焦《こ》がれた初恋の人とはいえ十年以上会っていないから、桐哉がどんな価値観を持つ人なのかを、羽衣は詳細を把握できていない。

(それが少し不安だったけど……桐哉くんはちゃんと『きーちゃん』のままね)

ぶっきらぼうで偉《えら》そうだけど、しっかり相手を尊重できる人だ。

(だから、大丈夫。私たちは、きっとうまくやっていけるはず)

そう改めて実感しながら、羽衣は自分の胸に手をやった。

清原《きよはら》のところで『風子《ふうこ》』というオメガの女性の話を聞いた時に感じた不安は、まだ胸の底にある。

なぜこれほど不安を感じるのか、正直なところ羽衣自身にもよく分からない。

もしかしたら、『風子』という名前を聞いた時の、桐哉の表情の変化を見てしまったからかもしれない。

(……桐哉くん、嬉《うれ》しそうだった)

彼は仏頂面《ぶっちょうづら》か無表情がデフォルトだ。それで恐ろしいほど整った美貌だから、その迫力たるや、ヤクザも裸足で逃げ出すレベルである。

そんな彼の笑顔は貴重であると同時に、普段とのギャップがありすぎて威力が半端ない。

桐哉が少しでも顔を綻《ほころ》ばせると、切れ味鋭《するど》い刃物のようだった雰囲気《ふんいき》が綻び、華やかで色気のある美貌へと変貌を遂げるのだ。

きっと桐哉自身は自分の表情の変化など気にしていないのだろう。

だが無意識であることに、羽衣の不安が募ってしまうのだ。

(意図せず笑うなんて……きっと、桐哉くんにとって大切な存在だからこそ、なのよね……)

桐哉が大学生の時に、彼の傍《そば》にいた十五歳のオメガの少女。

彼が何歳の時の話なのか正確には分からないが、羽衣と同年代くらいの女性なのだろう。

桐哉を慕い、纏《まと》わりついていたという。

それはまるでもう一人の自分のようだ。幼かったあの頃、羽衣もまた同じように桐哉に纏わりついていた。

同じようなことをしたオメガが二人――だが羽衣は切り捨てられ、その風子という少女は傍にいることを許されていた。

それが、羽衣の心に暗い影を落としているのだ。

(……でも、それがなんだっていうの。過去の話じゃない。今、桐哉くんと私は番《つがい》になったのだし、いつまでもウジウジと考え込んでちゃいけない)

しっかりしなくては、と羽衣は自分の頬をパシッと叩《たた》いて気合いを入れ直す。

「今はとにかく、この段ボールの山をなんとかしなくちゃ!」

目の前には、十数箱に及ぶ段ボールが積まれている。言うまでもなく、羽衣のマンションから運び込まれた荷物である。

自分はあまり物が多い方ではないと思っていたのに、いざこうして荷物として纏められると、かなりの量があるものだと、自分のことながら呆《あき》れてしまう。

桐哉は三つある個室の一つを羽衣の部屋にしてくれた。

このマンションは桐哉が「投資用に買った」と言っていただけあって、何もかもがとにかく豪華で、個室も非常に広い。羽衣がこれまで使っていた家具を全部入れても問題なく収まるのだが、桐哉が運び込むのを拒《こば》んだものがあった。

ベッドである。

『お前の部屋を作るのは構わない。だが寝室は俺と同じだ。よってそのベッドは必要ない。捨てろ』

業者によってベッドが運び込まれた時に、部屋の入り口に立ちはだかった桐哉が言ったセリフである。

どうしてこの男は物をすぐ捨てようとするのだろうか。ＳＤＧｓという概念を覚えてほしい。

ベッドを運んでくれた業者のお兄さんが唖然《あぜん》としているではないか、と歯噛《はが》みをしつつ、羽衣はなんとか説得を試みた。

『たまに一人で寝たくなることだってあるかもしれないでしょう？』

『ない』

即答された。いやあなたの話だけではないのですが。

『……私には、あるかもしれないじゃない』

ぐぬぬ……と食い下がって言えば、桐哉は目をカッと見開いた。強面《コワモテ》美形の目力の威力よ。怖い。

だが負けるか、とその目を見つめ返していると、しばらくの沈黙の後、桐哉が口を開いた。

『………あるのか』

その声がどことなくしょんぼりと聞こえたのは、気のせいだろうか。

羽衣が驚いて「えっと」と言い淀むと、桐哉が息を殺してこちらの返事を待つのが分かった。

その様子が、まるでご主人様から叱《しか》られた大型犬のように見えて、羽衣はつい「……ないです」と答えてしまった。

結果、羽衣の使っていたベッドは捨てられることになり、二人は毎晩同じベッドで眠っている。

番《つがい》となったアルファとオメガが同衾《どうきん》すれば、どうなるのかは自明《じめい》の理《り》である。

羽衣の発情期《ヒート》は突発性のものだったらしく、今は抑制薬で落ち着いている。とはいえ、発情期《ヒート》でなくとも性行為は可能だし、アルファはオメガに欲情するように遺伝子に組みこまれている。

つまり同棲したその日から、羽衣は毎晩桐哉に抱かれているわけである。

（……本当に、毎晩って、どうかしてるって思うけど……）

昨夜自分に触れた桐哉の熱い手や、キスの甘さがまざまざと脳裏に浮かび、羽衣の顔に一気に血が上った。

「だめだめ！　余計なこと考えている場合じゃないでしょ！　せっかくここ片付けるために有休取ったんだから！」

自分で自分を叱りながらガムテープを剥《は》がしていると、背後から低い声が響いた。

「おい」

「ぎゃー！」

今まさに頭の中に思い浮かべていた人物の登場に、羽衣はびっくりして悲鳴をあげる。

「おい、うるさいぞ」

「ご、ごめ……」

注意されて首を捻《ひね》るようにして背後を見れば、スーツ姿の桐哉が耳を押さえて立っていた。

一目で仕立てが良いと分かるスーツは細めの作りのスリーピースで、逞《たくま》しい彼の肉体美を強調している。その胸板の厚さを彷彿《ほうふつ》とさせるシャツの張りに、羽衣はまたもや昨夜の記憶が蘇《よみがえ》り、ギュッと目を閉じた。

（わ〜〜〜ばかばか私のばか！　本人目の前にして何を思い出してるの！）

不埒《ふらち》なことを考える自分を心の中で叱りつけていると、頬を温かい手で覆《おお》われた。

驚いて目を開くと、桐哉の美貌が至近距離にあって驚いてしまう。

「どうした？　目が痛いのか？」

「えっ！　い、痛くない！　大丈夫！」

ブンブンと首を横に振って否定したのに、桐哉は納得していない表情だ。

「そうか？　だが顔が赤いな。熱でもあるんじゃないだろうな？」

体温計を取ってくる、と言いながら探しに行こうとするので、羽衣は慌ててその腕を掴《つか》んで引き止める。

「ないない！　熱なんてないです！　ちょっと片付けしてて暑くなっただけ！」

適当な言い訳だったが、桐哉はそれで納得したようでその場に留《とど》まってため息をついた。

「あまり無理をするな。お前は体力がないし、丈夫な方ではないんだから、無理をしてまた熱を出したらどうする」

思いがけないことを言われて、羽衣は目をパチクリとさせてしまう。

桐哉と比べれば確かに自分は体力がないかもしれない。だが羽衣とて週一、二の頻度でジムに通っているし、お風呂上がりに毎日ヨガをしている。

日頃からちゃんと体力作りをしているので、一般的な女性として体力がないと言われるほどひ弱ではないし、なんならここ数年風邪を引いたこともないほど元気である。

なぜそんなことを言われるのだろう、と不思議になったが、すぐに昔の記憶が蘇《よみがえ》った。

(ああ、桐哉くん、昔の私しか知らないから……)

子どもの頃、羽衣はすぐ風邪を引いて熱を出していた。

だがそれは、オメガの特質だ。オメガは第二次性徴が現れるまで、身体の発育が極端に遅く、また免疫力も低いので感染症に罹《かか》りやすいのだ。

「桐哉くん、私、もう子どもの頃みたいにひ弱じゃないから、そんなに心配しなくても大丈夫だよ」

羽衣がヒラヒラと手を振りながら言うと、桐哉は疑わしそうな表情で口をへの字に曲げた。

「どうだか」

「えー……」

「お前に『大丈夫だから連れて行って』とせがまれて仕方なく連れて行った夏祭りで、見事にぶっ倒れられたこと、俺は忘れないぞ」

「うっ……! あはは、そんなこと、あったねぇ……」

苦い思い出を掘り返されて、羽衣はギクッとなってしまう。

あれは羽衣が小学生で、桐哉が中学生の頃だ。

近所の夏祭りをずっと楽しみにしていたのに、羽衣はその数日前に風邪を引いて寝込んでしまったのだ。お祭りの当日には熱は引いていたが、大人たちに祭りに行ってはいけないと言われて、羽衣は盛大に泣き暴れた。

だが羽衣がいくら泣いても大人たちは頑《がん》として首を縦に振らず、小賢《こざか》しい知能犯だった羽衣はターゲットを桐哉に変えた。桐哉が羽衣の涙に弱いことを知っていたからだ。

『もう風邪は治ったから、絶対に大丈夫！　羽衣、夏祭りをとっても楽しみにしていたんだよ！　きーちゃんも知ってるでしょう⁉』

目に涙を溜めた説得に、結局桐哉は折れた。

大人たちの目をかいくぐって、こっそり羽衣を夏祭りに連れ出してくれたのだ。

だが案の定、途中で具合が悪くなった羽衣は、金魚釣《つ》りの屋台の前でぶっ倒れ、泡を食った桐哉に背負われて王寺《おうじ》家の屋敷に引き返した。

あの時おんぶされた背中の頼もしさを思い出し、羽衣はしみじみと呟《つぶや》く。

「桐哉くんは、私のヒーローだったよ……」

自分の願いをなんでも叶《かな》えてくれる桐哉を、自分だけの魔法使いのようだと思っていた。

シンデレラの魔法使いのおばあさんや、アラジンのランプの魔人のように、自分だけのために存在する特別な魔法使いだ。

（……自分だけの魔法使い、だなんて。本当に傲慢《ごうまん》だったんだな、私……）

桐哉にとって羽衣は特別なんかじゃなく、尊敬する兄の番《つがい》になるオメガだったから、ワガママに付き合ってくれていただけだったのに。

なんとなくしょんぼりとした気持ちになっていると、桐哉がクスリと笑った。

「ヒーローか。悪くない」

「……え……」

昔迷惑をかけたことにうんざりされているとばかり思っていたから、その発言は意外だった。

目を丸くしている羽衣に気づいていないのか、桐哉は思い出を懐かしむように目を細め、微笑《ほほえ》んでいた。

そのとても優しい表情に、羽衣は目が釘付《くぎづ》けになる。

「確かに幼い頃のお前にはずいぶんと振り回されたが……お前のヒーローになれていたのなら、ワガママを聞いてやった甲斐《かい》があったな」

穏やかな口調で昔を語る桐哉に、羽衣は言葉を忘れて固まった。

桐哉の言うとおり、彼には散々ワガママを言ってきた。夏祭りの件はその顕著な例で、帰宅後、桐哉は体調の悪い羽衣を連れ出したと、大人たちからこっぴどく叱られたのだ。羽衣のワガママの尻拭《しりぬぐ》いをするのはいつも桐哉だった。

だから、うんざりされて嫌われてしまったのだと思っていたのに。

（……そんなふうに言われたら、私、期待してしまう……）

桐哉に嫌われたのではなかったのではないか、と。

羽衣にとって、桐哉との想い出は宝物だ。キラキラして、ワクワクして、桐哉が傍にいてくれるだけで、明日が来るのが信じられないくらい楽しみだった。

けれど、桐哉が自分にとって特別な存在であることを知ったのは、桐哉がいなくなった後だ。生まれてからずっと一緒にいたせいで、それが当たり前になっていたから、気づけなかった。

「……桐哉くんは、私の太陽なんだよ。ずっと……」

思わず口からこぼれた言葉に、羽衣は改めて納得する。

太陽——まさに言い得て妙だ。

その輝かしさに惹《ひ》きつけられずにはいられない。

その光があるから生きていける。

羽衣にとって桐哉は、美しく、眩《まばゆ》く力強く、なくてはならない……そんな太陽のような存在なのだ。

羽衣のセリフに、桐哉は少し目を見張って、じっとこちらを見つめてきた。

「俺にとってお前は……永遠に醒《さ》めない夢みたいだった」

「えっ……」

なんだそれホラーか。

頭に浮かんだのは、以前観た映画だ。

『目を覚ますたびに、愛する人に殺されるという毎日を繰り返す』というＳＦホラーで、主人公は泣きながら愛する人を殺すことで、ようやく悪夢から解放されるという結末だった。なんというバッドエンド。

（そ、そこは「夢」だけでいいんじゃ……⁉）

と内心思ったが、桐哉にとって自分が「夢のような存在」であるわけがない。

あまり嬉しくない例えだが、それが現実だ。トホホと項垂《うなだ》れていると、ポンと大きな手が頭の上に乗った。

「まあとにかく、無理はするなという話だ。どうせ家が完成すればそっちに移る。段ボールのまま置いておいても構わないだろう」

「え……でも、すぐ使う生活用品は出したいし……」

「だったら軍手くらい嵌《は》めろ。素手で段ボールを開いて切ったらどうする」

ごもっともな指摘に、羽衣はクスッと笑ってしまう。

無理をするなとか、軍手をしろとか、本当にこの人は過保護だ。

おそらく桐哉にとって、羽衣のイメージは子どもの頃のままなのだろう。

それを悔しいと思う気持ちはもちろんある。これまでずっと、桐哉に見直してもらうために、頑張ってきたのだ。

もうワガママなんか言わないし、桐哉に頼らなくても自分で生きていけるくらいには自立できている。

そういうところをもっと認めてくれたら……と思う。

(でも、焦《あせ》っちゃだめだよね。再会して、まだ数週間しか経ってないんだもの)

その数週間で婚約してセックスして籍を入れて同棲を始めているのだから、全ての流れがジェットコースターすぎるが、ともあれ、お互いの理解はこれから深めていけばいい。

いつの間にかいなくなった桐哉が、すぐに戻ってきて「ほら」と軍手を手渡してくれた。

「ありがとう」

受け取りながら、羽衣は笑いを噛み殺す。

傲岸不遜《ごうがんふそん》を絵に描いたようなアルファが、軍手を持っている図がなんだかシュールだ。

この家に軍手なんかあったことが不思議である。

「俺も手伝うか？」

「下着とか入ってるのでいいです」

サッと右手を突き出して善意を固辞すると、桐哉は小さく首を傾《かし》げる。

「ふぅん」

意味深な反応に、羽衣が「なんですか？」と訊《たず》ねると、桐哉はフフンと鼻を鳴らした。

「どうせ見ることになるのにな」

「……」

非常に楽しそうな勝ち誇《ほこ》った表情で言われ、羽衣は沈黙してしまう。

そういう問題ではないし、なぜそんなに誇らしげなのかも分からないが、なんとなく桐哉が夜の雰囲気《ふんいき》を醸し出そうとしているのは分かった。

これはまずい。

(昨夜も大変だったのに、今夜もって、身体が持たない……！)

ここは話を変えよう、と羽衣は「そういえば」と切り出した。

「今日、私、病院行ってきたの」

「病院だと？　やっぱり身体の具合が……!?」

病院というワードに鋭《するど》い反応をされて、慌ててブンブンと頭を振って否定する。

「違う違う。ほら、めぐみ先生の所だよ。この間の発情期《ヒート》フェロモンの暴発、心配だったから……」

「ああ……」

めぐみ先生とは、小清水《こしみず》家のかかりつけのフェロモン専門医だ。

羽衣が幼い頃から診てもらっている女医で、桐哉も知っている。

「あの暴発、突然だった上に一回きりだったじゃない？　発情期《ヒート》は一回起こると一週間ほど続くのが普通なのに変だなって思ったし……。それに抑制薬でコントロールできてたはずなのに、どうしていきなりコントロールできなくなったのか原因を知りたかったのもある。それに……その、妊娠してるかどうかも、確認したかったし……」

いろんな心配点がありすぎて、とにかく信頼している医師に相談したかったのだ。

そう説明すると、桐哉は「ふむ」と一つ頷いた。

「……で？　どうだったんだ？」

「血液検査と、尿検査、エコーとか、まあ一通りの検査は受けたんだけど……」

そう答えながら、羽衣は医師との会話を思い出していた。

諸々の検査結果を確認した医師は、にこりと微笑んだ。

『血液中のフェロモン誘発ホルモンの濃度を見たところ、閾値《いきち》以下に落ち着いているね』

その診断結果に、羽衣は息を吐《は》き出した。自分では気づいてはいなかったが、どうやら緊張していたらしい。

フェロモンとホルモンは混同されがちだが異なるもので、前者は体内で生成されるが体外に分泌され、自分以外の個体の行動や生理的反応に影響を及ぼすもので、後者は体内で生成・分泌され、自分自身の身体の機能のコントロールをしてくれるものだ。

オメガは番《つがい》ができると、番《つがい》のアルファ以外には発情期《ヒート》フェロモンを出さなくなる。フェロモン放出ホルモンは血中濃度がある一定値を超えると、それが引き鉄《がね》になって体内で爆発的な量が生産される。それを発情期《ヒート》と呼ぶのだ。番《つがい》を持たないオメガは、この閾値ギリギリの数値を保っているため、ちょっとした刺激で閾値を超えて発情期《ヒート》を起こしてしまう。

おそらく出会ったアルファを効率良く欲情させて子種を得ようとする、オメガの本能なのだろう。

だが番《つがい》ができると、オメガは不特定多数のアルファを欲情させる必要がなくなる。番《つがい》のアルファだけを欲情させればいいからだ。

よって番《つがい》ができたオメガは、フェロモン血中濃度が閾値よりもはるか下に落ち着くのである。

『首の噛み跡もしっかりついてる。血の跡もちゃんとあるから、歯が真皮にまで達して血管を破った証拠だね。アルファの唾液が血液中に入ったはずよ。噛み跡と血液検査結果、両方とも条件を満たしているから、番契約《つがい》は完了していると判断していいわね』

医師からお墨付きをもらい、羽衣はホッと胸を撫《な》で下ろした。

桐哉と番《つがい》になれたのだと体感はしていたが、医師の認定がないと法的には認められないため、ドキドキしていたのだ。

『それで、妊娠の方だけど……まだ胎嚢《たいのう》が見える時期じゃないから、一週間後にまた来てもらえるかしら。まあ発情期《ヒート》を起こしての行為だったわけだから、おそらく妊娠していると思いますので、くれぐれも無理はしないように』

にっこりと笑って血液検査結果の紙を手渡してくれる初老の女医に、羽衣は恐る恐る訊《き》いた。

『あの、妊娠初期の性行為は、控えた方がいいって聞いたんですが……』

質問の内容が少々恥ずかしかったが、今後のためにも訊いておかねばならない。意を決して した質問に、女医はあっさりと答えてくれた。

『ああ、それはベータの場合ね。まあ、控えた方がいいっていうのもケースによるんだけど。初期流産の原因の大半は胎児の染色体異常や遺伝子異常だから、セックスが流産の原因になるのはとても特殊な例よ。ただ、妊娠するとセックスに興味が薄れる妊婦さんが多いから、そういう意味でパートナーの理解は必要よね』

『そうなんですか……』

『でもオメガの場合は番《つがい》とのセックスがあった方が、妊娠中のホルモンバランスが整うってデータが出ているから。安心して！』

満面の笑みで言われて、羽衣は真っ赤になってしまった。

（そういえば、妊娠中のオメガについて、私、あんまり詳しくないな……）

羽衣はフェロモン抑制薬を研究しているが、それは番《つがい》ができる前のオメガについての研究とも言い換えられる。発情期《ヒート》をコントロールする目的の薬だからだ。

だから妊娠以前のオメガの体質については詳しいが、妊娠以降についての知識が乏《とぼ》しい。

（でもそんなことを言ってられないよね。妊娠してるかもしれないんだし、ちゃんと自分の身体のことを知っておくべき……）

オメガという性に特化した小清水家は、普通のオメガとは違う点が多い。

羽衣の母のように、オメガであるのにアルファに近い気質を持つことは、『女神胎《めがみばら》』の特徴として有名な話になっているが、実はそれ以外にも多くの特異性がある。

羽衣がこれまで発情期《ヒート》を起こしたことがないというのも、その一例だろう。

他のオメガには当てはまらない特徴を多く持つがゆえに、羽衣はこれまで自分の身体に関してあまり関心を持ってこなかったのだ。

今後ちゃんと学んでおかなければと反省しつつ、羽衣は病院を後にした。

「ええと、結果として、突然発情期《ヒート》を起こした原因については検査結果を見ても分からず、めぐみ先生は『こういう時は〝ストレスが原因かもしれない〟ってなるのよ』って言ってた」

言われたとおりに繰り返すと、桐哉は呆れたように眉間に皺《しわ》を寄せる。

「適当すぎないか」

「まあ、原因不明だとそう言うしかないんだろうねぇ……」

医学にも限界があるのだろう。

「詳しい検査をすれば分かるかもしれないけど」

「なぜしない？」

「ものすごく大事《おおごと》になるからだよ。卵巣刺激ホルモンを放出する脳下垂体と、汗腺刺激ホルモンを放出する卵巣からの血液を、条件を変えて数回採取してその数値を測れば原因が分かるかもしれないけど」

「脳下垂体と卵巣？　発情期《ヒート》フェロモンを作るのは腋窩《えきか》と恥骨領域の汗腺じゃないのか？」

桐哉の問いに、羽衣は首を横に振った。

「汗腺は最終的な生産場所。まず脳下垂体で『フェロモンを出す』という指令が出たら、卵巣に伝わって、卵巣からまた汗腺に指令が伝わってようやくフェロモンが放出されるの」

「ああ、なるほど。指令がホルモンというわけか。だからオメガ卵巣刺激ホルモンと汗腺刺激ホルモンという名前なんだな」

職業病からつい専門的な説明をしてしまったが、あっさりと理解する桐哉に、羽衣は心の中で舌を巻いた。

(さすがアルファ……)

いろいろ端折《はしょ》った説明で、専門家でもないのにここまで呑《の》み込みが早いなんて、やはり頭の構造が違うのだろう。

「そう。そのためには入院が一ヶ月は必要になるし、痛い思いもいしなくちゃいけないの。私たちはマウスでよく似た実験をするけど、マウスだと死ぬ場合だってあるくらい。それに原因が分かるという保証もないし、分かったところでメリットがあまりない。だって私が今こうして健康で、日常生活に特に問題がないんだから、そこまでして調べる必要はない」

動物実験には心が痛むが、製薬会社の研究員である以上避《さ》けては通れない。危険な薬を人間に投与するわけにはいかないのだから。

「なるほどな。お前の体調に問題がないなら構わない。だが少しでも不調を感じた場合はすぐに言え。分かったな」

「う、うん……」

さりげなく約束させられて、頷きはしたが、羽衣は心の中で思う。

(その時は桐哉くんに言う前に、めぐみ先生に相談しよう……)

最初に桐哉に体調不良だと言えば、きっと大袈裟《おおげさ》なことになりそうな気がした。

「それで、他のことに関しては？　医者はなんて言っていたんだ？」

桐哉に促され、羽衣は慌てて検査結果について説明を続けた。

「あ、ええと。先生は、番契約《つがい》はちゃんと成ってるって」

そう伝えた瞬間、桐哉がパッと表情を緩ませた。

「そうか！」

「う、うん……」

その輝くような笑顔に、羽衣はまた性懲《しょうこ》りもなく期待がむくむくと膨らむのを感じる。

こんなに嬉しそうにしてくれるなんて、もしかして彼も自分と番《つがい》になりたいと望んでくれていたのでは……？　と思ったところで、桐哉がやれやれと肩の荷を下ろすような表情で言った。

「良かった。しっかり噛みついたつもりだったが、相性次第では番《つがい》契約が成されない場合もあると聞いたから、少し心配していたんだ。またお前の細い首に噛みつかなくてはいけないかと思うと、どうにも良心の呵責《かしゃく》がな……」

（ですよね～）

保護者的安堵ゆえの発言だったか、と羽衣は心の中で苦笑いをする。

昔から桐哉は、羽衣が風邪を引いたり怪我をしたりすることをやたらに心配する人だった。

庭を歩いているだけなのに、「そこに小石があるから気をつけろ」だの「前を見ろ、ツツジにぶつかる」だのと口うるさく注意されたものだ。

そんな彼だから、羽衣の首に噛みつくなんて蛮行《ばんこう》に抵抗感があるのは仕方がないのかもしれない。

（まあ、心配してくれてるんだよね……）

いつまでも子ども扱いされている気がしてならないが、心配してくれるのは悪いことではないはずだ。

「……それと、妊娠はしてるだろうけど、まだ胎嚢が見えないから一週間後にまた来てって言われました」

「分かった。休みを取っておく」

即答されて、羽衣は驚いて桐哉の顔をまじまじと見た。

「え？　一緒に行くってこと？」

「当たり前だろう。俺の子だ」

「いやそうだけど……桐哉くん、仕事があるでしょう？」

「仕事はいつもある」

（そりゃそうでしょうね……）

なんせ王寺グループの次期総帥様である。彼の仕事がなくなれば、この国の経済は破綻するだろう。

「だがいつもあるからこそ、休みたい時に俺は休む」

桐哉が至極当然であるかのように宣言した。これが漫画なら、背景には「ドドン！」という効果音が描かれているだろう。

天上天下唯我独尊《てんじょうてんげゆいがどくそん》。傍若無人《ぼうじゃくぶじん》ここに極まれり。

桐哉は今、現王寺グループ総裁である彼の父親から仕事を引き継ぎ始めている。

それに伴《ともな》い桐哉専属の秘書が五名つけられたそうだが、その五名をもってしても悪戦苦闘するくらい、桐哉の仕事量が膨大らしい。

本来桐哉の役目を負うはずだった藤生《ふじお》が、「やっぱり桐哉の方が向いてたって思うよ～」と呑気《のんき》に教えてくれた。

それを聞いた時、羽衣はちょっと腹が立ってしまった。

（あなたたちのせいで桐哉くんが忙しいんでしょうが！）

次期当主の座を退いたとはいえ、藤生とて王寺家直系のアルファであるので、彼もものすごい量の仕事をこなしているのだろうが、それでも藤生の呑気さは「どうなんだ」と言いたい。とはいえ、当の本人は疲れた様子も見せず、毎晩羽衣がヘロヘロになるまで抱き潰すのだから、問題はないのかもしれないが。

（秘書さんたち、大変だろうなぁ……）

正直、桐哉の体力と精力は人の域を超えていると思う。

人ならざる能力に溢れた上司に仕えるのはさぞかし苦労が多かろう、と羽衣は密かに秘書たちに同情した。

（休みたい時に休む、って言っても、そもそも桐哉くん完璧主義だもの。自分の休日のために仕事に穴を開けるわけがないから、全て調整した上で休日をもぎ取るつもりなんだろうな……）

さすがというか、なんというか。

「桐哉くんが一緒に行ってくれるなら、嬉しい。よろしくお願いします」

これは本音だ。仕事が鬼のように忙しい彼が、時間を作って一緒に病院へ行ってくれることに、愛情を感じられるから。

（たとえそれが、恋情じゃないとしても……）

思い浮かべるのは、藤生と姫川《ひめかわ》のカップルだ。

運命の番《つがい》――激しいまでに惹かれ合う二人を見て、羨《うらや》ましいという気持ちは恥ずかしいほどにある。

あんなふうに、桐哉に求めてもらえたら。

自分が抱く恋心と同じ熱量で、彼にも愛し返してもらえたら、どんなに幸せだろうか。

だがそれは叶わぬ夢だ。

これは彼にとっては家のための結婚だ。尊敬する兄の番《つがい》となる予定だったオメガを、体裁を取り繕うために娶《めと》っただけ。

（……会えなかった頃より、ずっとマシじゃない）

うんざりだと言われ、切り捨てられたあの頃に比べれば、こうして番《つがい》となり一緒に暮らせる日々は天国のようだ。

（だから、これでいいの、羽衣）

恋でなくていい。運命の番《つがい》でなくていい。

（ただ家族のように、傍で愛させてくれれば、それで満足よ。そうでしょう……）

心の中で強く念じて、羽衣は目を閉じた。

「桐哉の愛が欲しい」と胸の奥底で泣き叫《さけ》ぶ浅ましい恋心に蓋《ふた》をしながら。

＊＊＊

有休明けの朝、いつもどおりに出社した羽衣は、ラボの様子に首を傾《かし》げた。

いつもなら職員たちは自分のデスクでパソコンに向かっているか、実験室にいるかのどちらかだ。研究者気質で没頭するタイプが多いため、各々の担当する研究に集中していて、群れることはほとんどない。

それなのに、今日はなぜか一つのデスクを取り囲むようにして皆が集まっていた。

（……なんだろうこれ。どっかで見たことがある……）

白衣を纏《まと》った人たちが集まっている姿に、記憶の琴線が引っかかって頭の中を探れば、白くて丸いコウモリたちの姿が浮かんだ。

（あ、シロヘラコウモリだ）

シロヘラコウモリとはコスタリカに生息する、体長四センチほどの小さくてもふもふとした白いコウモリである。そんなの一匹いても可愛いのに、このコウモリは群生するため、もふもふが集まってもふもふ団子を形成する。可愛いの相乗効果である。

いい大人の研究員たちが集まっているのを見て、可愛いもふもふ団子を連想する自分はちょっとおかしいのかもしれない、と思いつつ、羽衣は彼らに近づいて声をかけた。

「おはよう～。みんな朝から集まってどうしたの？」

すると職員たちは一斉にこちらを振り返った。

「あっ、室長だ！」

「おはようございます、小清水室長！」

「おはようございます！」

見知った顔が挨拶《あいさつ》を返してくれるのを見て微笑みを浮かべた羽衣は、彼らの真ん中に見知らぬ女性がいることに気がついて、目を見張る。

（え、誰……？）

きれいな人だ。東洋人のようだったが、目鼻立ちがハッキリとしていて、金色に染めた髪がよく似合っている。

家族を含め、周囲に超絶美形ばかりが揃《そろ》う羽衣が「きれい」だと思うのだから、一般的には相当な美人と呼ばれる人なのだろう。

だがどうして職員でもない人がここにいるのだろうか。

羽衣が戸惑っていると、その女性はまっすぐにこちらを見つめてきた。

（あ、目が合っちゃった。どうしよう、会釈でもするべき……？　でも知らない人だしな……）

そう逡巡《しゅんじゅん》していると、相手が品定めでもするように上から下まで羽衣を眺《なが》め見た後、クスリと笑う。

それが明らかに嘲笑《ちょうしょう》で、羽衣は思わず目を瞬《またた》いてしまった。

（……えっと……？）

初対面の人間に嘲笑される謂《い》われはないのだが、とさすがに少々イラッとしたものの、彼女はただ笑っただけで、表情がそのように見えただけの可能性もある。

だがこちらが目を逸《そ》らしてやるのはなんとなく腹が立つので、黙ったまま見つめ合っていると、職員の一人が説明してくれた。

「あっ、小清水室長、この方、昨日ランバート・プリンスから出向されてうちに来られた、今《いま》泉《いずみ》さんです」

「出向？　そんな話は聞いていないけれど……待って、今ランバート・プリンスって言った？」

羽衣は驚いて職員に向き直り、鸚鵡《おうむ》返しをした。

「あれ、室長ご存じじゃなかったです？　ランバート・プリンスって、三年前に……」

「うちのグループの傘下になったのよね。大丈夫、知ってるわ」

羽衣が知らないと思ったのか、職員がそのことまで説明してくれようとするので、微笑んで止める。もちろん知っているし、なんなら最近その話題になったばかりだ。

（……清原さんが言ってた『風子ちゃん』って、まさか……）

ギョッとして再び女性の方を見ると、彼女は先ほどの挑発的な微笑みとは打って変わった、人好きのする優しそうな笑顔を浮かべた。

「はじめまして！　ランバート・プリンスから出向してきました、今泉風子と言います！」

その名前を聞いて、羽衣の胸の底に巣くっていた黒い不安が一気に膨れ上がる。

（この人が……あの『風子ちゃん』……！）

大学時代の桐哉の傍にいて、彼に纏わりついていたというオメガの少女だ。

羽衣の知らない桐哉を知っていて、桐哉も彼女には気を許している様子だった。

「大学での専門は遺伝子学で、アルファとオメガの遺伝子的相性について研究していました。こちらの抑制薬研究の一助になれるように頑張ります！」

羽衣に向かって元気よく挨拶する風子に、職員たちからの拍手が起こる。

「室長、今泉さん、すごいんですよ！　見てください、この論文！　アルファとオメガの精子と卵子のモデルをゲノム解析して、受精しやすさを数値化したんですって！」

「研究データもかなりの検体数で、多分これかなり精密な結果が出ているんじゃないかな」

「学生時代にこれを研究して論文書いたってすごいですよねぇ！」

どうやら職員たちは、風子の研究論文をパソコンで見せてもらっていたところだったようだ。

研究者気質なここの職員たちには垂涎《すいぜん》ものだろう。

皆キラキラと目を輝かせ、口々に風子を褒《ほ》めている。

その光景を、羽衣はやや呆然としながら見つめていたのだった。

＊＊＊

その後所長が出社してきたので、羽衣は所長室に行って事情を聞いてみた。

何がどうして風子が出向してくることになったのか。

そんな大事なことをなぜもっと早く教えておいてくれなかったのか。

そう言うと、所長は盛大に困った顔をした。

「いや、僕も知ったのは昨日だったんだから！」

「ええっ⁉」

まさかの事態に、羽衣は仰天《ぎょうてん》した。研究所の所長ですら寝耳に水だったということか。

「そんなことありえるんですか？」

「実際にあったんだから、そうなんだろうね。そもそもうちは研究所だろう？　専門職なのに、グループの子会社の一つとはいえ他社から人が派遣されることなんてなかったから、僕もびっくりだったんだよ」

「それはそうですよね……」

製薬会社の研究所に出向するなんて、あまり聞かない話だ。

「彼女はランバート・プリンスの期待の新人だったらしい。なんでも大学院時代に書いた論文が世界的に評価されたとかで」

「ああ、さっき聞きました。アルファとオメガの遺伝子的な相性についての論文ですよね。でもそんな人がどうしてうちに？　ランバート・プリンスだって、相当彼女に期待しているでしょうに、なぜ入社して間もない研究員を他社へ送ってきたんでしょうか……」

不可解なことだらけで、しきりと首を捻る羽衣に、しかしながら所長も納得のいく答えを持っていないようだ。

「僕も全然分かんない」

「はぁ……」

頼りないな、と思いつつも、こういう人なのだから仕方ない。

「でも、藤生代表みたいなお偉《えら》いさんに言われたら、僕みたいな末端社員は五体投地《ごたいとうち》で頷くしかないのよ」

「えっ？　彼女を連れてきたのは藤生さんなんですか⁉」

まさかの名前に、羽衣は素《す》っ頓狂《とんきょう》な声が出てしまった。

だがどうして藤生がそこで出てくるのか全く分からない。

「ほら、藤生代表、製薬会社関連の総括でしょう？」

「そうですね」

藤生は王寺グループのいくつかの分野を纏めていて、その中の一つが製薬会社だ。羽衣が研究職に就いた時に、婚約者の配属先なのだからお前が担当しろと父親に命じられたのだ。

「彼女が代表に直談判したらしいんだよ。『自分を王寺薬品工業に入れてくれ。必ず成果をあげてみせる』って」

「直談判、ですか……？」

羽衣は目眩《めまい》がしそうだった。聞く話の何もかもが規格外だ。

製薬会社の新人研究員が、グループの代表に直談判……少なくとも日本ではあまりない事態だろう。

（……でも、確かに藤生さんは、そういう『規格外』の行動を面白がる人だ）

きっとノリノリでOKを出してすぐさま行動に出たに違いない。彼はフットワークの軽さには定評がある。

（経営者としては面白みがあって優秀なんだろうけど、今回ばかりはやめてほしかったな……）

あの風子という人には、どうにも心情をかき乱される。話題を聞くだけで不安になってしまったくらいだから、できれば会いたくない人物だった。

「ちょっとびっくりな話だけど、彼女生まれも育ちも外国みたいだし。感覚が僕らとは違うのかもねぇ」

「でもそんなにうちに来たかったのなら、なぜランバート・プリンスに入社したんでしょうか？」

経営者に直談判して出向させてもらう、などと面倒臭いことをしなくとも、最初から王寺薬品工業に入社すれば良かったのだ。

「さぁ。そんなこと僕に訊かれても……本人に訊いてみたら？」

至極ごもっとも。

相変わらず頼りない所長に微笑みかけ、羽衣は「そうします」と返事をしたのだった。

＊＊＊

「小清水、羽衣さん」

所長室を出て研究室に戻ろうとした羽衣は、高い女性の声に足を止めた。

この職場で羽衣のことをフルネームで呼ぶ人はいない。

振り返ると、案の定そこには話題の人、今泉風子が立っていた。

「……今泉さん。どうしたの？　こんな所で……」

朝礼はとうに終わり、職員たちは各自の仕事をしている時間だ。

出向してきた外部の人間とはいえ、彼女も彼女の仕事が割り振られているはずなので、注意のつもりで訊ねたのだが、風子はニコニコとして傍に歩み寄ってくる。

「羽衣さんとぉ、お話ししたいなと思って！」

羽衣は鈍《にぶ》い頭痛を覚えてこめかみに手をやった。

「……ええと、仕事が終わってからでもいい？　今は業務時間だし……」

仕事をしてくれ、頼むから。何をしにここへ来ているのだろう、この人は。

「ちょっとくらいいいんじゃないです？　今、あなただって所長の部屋で遊んでいたじゃないですか」

あまりの発言に、羽衣は目が点になってしまった。

これが文化の違いというやつなのだろうか。

「……私は遊んでいたわけじゃないですよ。休みの後だったので、所長と申し送りをしていたんです」

「へえ。あ、自動販売機がある！　ねえ、どれがおすすめですか？」

こちらの言うことなど聞いていないのか、あるいは聞く気がないのか。

フリーダムすぎる風子に面食らいながら、羽衣はため息をついた。

「……飲んだら、ちゃんと仕事に戻りますか？」

「もちろんです！　やったぁ！　羽衣さん、私、このお茶がいいです！」

オススメを訊いてきたくせに、自分で買う物を選んでいる上に、奢《おご》ってもらう気満々だ。

こうなるともう呆れるのを通り越して清々《すがすが》しい。

（オメガの性質を最大限に活かして生きてる人なんだな……）

ワガママなのになぜか可愛くて、言うことを聞いてやりたいと相手に思わせる、この独特の雰囲気は、いかにもオメガらしい特質だ。

同じオメガである羽衣にも通用してしまうのだから、すごい。

心の中で感嘆さえしながら、羽衣は自動販売機に小銭を入れる。

「わぁ！　ありがとう！」

「飲んだら仕事に戻りますよ」

「はーい！　羽衣さんは？　飲まないの？」

「喉は渇いていないから」

すげなく言ったが、もちろん風子には効果はない。

「ふーん」と言ってペットボトルの蓋を開け、お茶をクピクピと飲んでいる。

だが一口飲んだ後、風子はきれいな顔をくしゃっと顰《しか》めて舌を出した。

「……苦ぁい」

「緑茶ですから、多少苦いかも。今までに飲んだことがあるんじゃ？」

「あるけど、あんまり好きじゃないから飲まない」

ブスッとした表情で言われ、今度は羽衣が顔を顰める番だった。

「ならなぜ緑茶を買ったの……？」

「うーん……、気分？」

「……なるほど」

そういう気分の時もあるだろう、と思いながら、風子がペットボトルの蓋を閉めているのを見て、羽衣は踵《きびす》を返す。

「えっ、羽衣さんどこ行くの！」

「もう飲まないんでしょう？　仕事に戻りますよ」

「えっ、飲む飲む！　飲むからもうちょっと待って！」

羽衣の返事に、風子が慌ててもう一度ペットボトルを呷《あお》った。

「苦い……」

また顔をくしゃくしゃにする風子に、羽衣はやれやれとため息をつく。

「無理に飲まなくてもいいよ。……話があるんでしょう？」

どうぞ、と片手を上げると、風子はきょとんとした後、ニヤリと口の端を上げて笑った。

「じゃあ、お言葉に甘えて。宣戦布告させてもらうね！」

宣戦布告、という言葉に、羽衣は眉根を寄せながらも、「やっぱりか」と胸の内で思う。

風子は最初から羽衣に対して好戦的な態度だったから、何か仕掛けてくる気がしていたのだ。

羽衣は腕を組んで考えるようにしながら、風子の顔をまっすぐに見つめ返す。

「……私は何を宣戦布告されるのかな？　あなたとは初対面だと思うけれど」

「そうだね。羽衣さんとは初対面だけど、桐哉とはそうじゃない。ハッキリ言うね。桐哉を私に返して！」

（……やっぱり桐哉くんが目的なのね……）

そうだとは思っていたが、こうして口に出されると不快感が募った。

桐哉に纏わりついていたというオメガの少女だ。

十五歳ならば、もう第二次性徴期を終えているから、オメガとしてアルファの桐哉に執着していたと考えておかしくない。

桐哉の名前を出しても狼狽《うろた》えない羽衣に、風子の方が意表を突かれた顔をする。

「驚かないんだね。私のことは知ってたの？」

「つい先日、桐哉くんと清原さんという方を訪ねて、その話題になったばかりなの」

すると知っている名前が出たことが嬉しかったのか、風子がはしゃいだ声になった。

「キヨ！　あの人まだ生きてたんだ！　バックパッカーなんかやってるから、そのうち野垂《のた》れ死にそうってお兄ちゃんと言ってたんだよね！　でも、へえ～！　私の話題が出るってことは、じゃあやっぱり、桐哉も私のこと忘れられなかったのね！　ふふっ！　そうだと思ってた！」

嬉しそうに顔を赤らめる風子を冷めた目で見ながらも、胸の内に黒い不安がどんどんと広がっていくのを感じる。

風子の言っていることは独りよがりな妄想だ。

だから相手にしなくていい。

そう思うのに、脳裏に別の声が聞こえる。

『――本当に独りよがりなの？　彼女のことを話す桐哉くんの表情を見たでしょう？』

清原と風子の話をしている時、桐哉はとても優しそうな笑みを浮かべていた。

それは彼もまた、風子のことを想っているからなのではないか。

二人は想い合う恋人同士なのではないか。

考えれば考えるほど、不安が次々と胸の奥から飛び出してくる。

ネガティブな思考の渦《うず》に取り込まれてしまいそうになって、羽衣はグッとお腹に力を込めて踏みとどまった。

「……残念だけど、私は桐哉くんを所有しているわけじゃないから、返すことはできない」

努めて冷静に諭すと、風子はムッとしたように声を荒らげる。

「そういう話をしてるんじゃない！　桐哉との婚約を解消してって言ってるの！　お兄さんに捨てられたからって、どうして桐哉がその代わりにならなくちゃいけないの⁉　責任ならお兄さんが取ればいいでしょう！　桐哉に責任を丸投げするなんておかしいじゃない！　家の思惑に桐哉を犠牲にするなんてひどいと思わないの？　桐哉を解放してよ！」

風子の論理は意外にも破綻していない。

確かに、藤生が婚約破棄したからといって、桐哉がその代わりをしなくてはならないのはおかしい。家と家の政略結婚だからといえばそれまでだが、桐哉個人の尊厳は無視していることに変わりはない。

風子からしたら、羽衣は相当身勝手な人間に写っているのだろうなと思いながらも、羽衣はキッパリと首を横に振った。

「桐哉くんは誰かの思惑に乗ったりしない。彼の行動は全て彼の意思。そういう人よ」

毅然《きぜん》とした羽衣の反論に、風子は二の句が継げず絶句する。

確かにそうだと彼女も思ったのだろう。

王寺桐哉とは、傲岸不遜を絵に描いたようなアルファだ。

自分が決めた道しか歩まない――そういう男なのだ。

だから、桐哉が羽衣と結婚すると決めたのは、彼の意思以外の何物でもない。

黙り込んだ風子に、羽衣は小さくため息をついて、右手で自分の首にそっと触れた。

そこにはまだ治りきっていない噛み跡があり、大袈裟なほどのガーゼで覆《おお》われている。風呂上がりに桐哉が手当てしてくれるのだ。

彼のかいがいしい優しさを思い出しながら、羽衣は決定打になる言葉を言った。

「……それに、彼はもう私の夫で、番契約《つがい》も済ませたの。だから、あなたには悪いけど……」

「そんなの関係ない！　だって桐哉は私の『運命の番』だもん！」

決定打になるはずのセリフに、風子が被せるようにして叫ぶ。

その子どものような理屈に、羽衣は失笑が込み上げた。

「そんな駄々《だだ》を捏《こ》ねても、現実は変わらないよ」

羽衣自身にも、覚えのある妄想のような願望だ。

桐哉に捨てられ、物を食べられなくなって入院した時、彼女と同じようなことをずっと考えていた。

――きーちゃんの『運命の番《つがい》』になれますように！

そうしたら、桐哉は戻ってきてくれるはずだ。なにせ『運命の番《つがい》』なのだから、離れては生きていけない。桐哉の『運命の番《つがい》』になりたい。なりたい。なりたい――。

願っても願っても、それが叶うことはなかった。

当たり前だ。ただの自分勝手な願望なのだから。

だから羽衣は現実を受け入れるしかなかった。

風子も受け入れるべきだ。そうしなければ、前に進めない。

だが羽衣の諭す言葉を、風子は激しく拒《こば》んだ。

「駄々じゃない！　桐哉と私は本当に『運命の番《つがい》』なの！」

なおも言い張る様子に、羽衣は困って首を傾げた。

「待って。あなた『運命の番《つがい》』がどういうものか分かっている？　出会った瞬間にオメガは発情期《ヒート》を起こすんだよ。たとえ抑制薬を飲んでいたとしても……」

だからもし桐哉と風子が『運命の番《つがい》』なのだとしたら、出会った時に分かっているはずだ。

（あの桐哉くんが、自分の『運命の番《つがい》』を放置しておくわけがない）

分かり次第囲い込んで、他のアルファに奪われないようにするだろう。

それをされていないなら、風子は彼の『運命の番《つがい》』ではないということだ。

確信を持って言ったのに、風子はそれをせせら笑って一蹴《いっしゅう》した。

「それは旧説でしょう？」

「旧説？」

「私が書いた論文を読んでないのね」

風子が得意げに顎を上げる。

(さっきみんなの前で披露していた、あの論文のこと……？)

先ほどはサッと見ただけだったし、それ以前にも読んだことはなかった。

製薬会社のラボに勤める研究者なのだから、界隈《かいわい》の論文には目を通しておくべきだが、忙しくてできていなかったのは事実だ。

「研究者のくせに、怠惰《たいだ》ね。いいわ、教えてあげる。『運命の番《つがい》』であるかどうかを決めているのは、お互いの感覚なんていう曖昧《あいまい》なものじゃない。遺伝子なの。子どもを確実に作るための遺伝子的相性が百パーセントの相手を、『運命の番《つがい》』と私たちは呼んでいるのよ」

羽衣は目を見張った。

確かに『運命の番《つがい》』かどうかの判断はお互いの感覚でしかなく、曖昧で不明瞭な点が多かった。遺伝子的相性なのではないかという俗説は存在しても、『運命の番《つがい》』という例が極端に少ないことから立証はされてこなかったのだ。

（……この人は、それを立証したってこと？）

だとすれば、それは確かに快挙だ。

「たとえ遺伝子的相性が百パーセントであっても、発情期《ヒート》を起こさないケースもある。なぜなら、オメガが発情期《ヒート》を起こす現象と遺伝子的相性は相関性がないからよ。発情期《ヒート》はフェロモン誘発ホルモンの血中濃度が閾値を超えることで発生する。私はフレンチエンゼルマウスで実験を繰り返した結果、フェロモン誘発ホルモンの生成は、オメガのストレス負荷の程度によるものだと判明したの」

フレンチエンゼルマウスとは、長期間に亘る番《つがい》を持つ珍しいマウスだ。哺乳類《ほにゅう》で番《つがい》を持つ種類は少ないため、フェロモン抑制薬を作る実験では欠かせない実験動物である。

「アルファと接触すると、オメガは感情が激しく揺れ動くためストレス負荷が高くなる。相手が『運命の番《つがい》』のアルファだった場合、感情の揺れ幅が非常に大きくなるから、発情期《ヒート》が起きやすいというだけの話よ。お互いに年の差がありすぎたり、親戚のように近しい存在だったりした場合、『運命の番《つがい》』であってもストレス負荷が小さいのは当然でしょ。よって、出会った時に発情期《ヒート》を起こすか否《いな》かは、『運命の番《つがい》』であるかどうかの判断材料にならない！」

自慢話をするかのように説明されて、羽衣は圧倒されながらも一抹《いちまつ》の懐疑心が湧いた。

それが本当なら、とても興味深いし、今後の新薬開発に大きな一歩を踏み出すことになるだろう。

その論文が評価されてランバート・プリンスに入社したと言っていたから、ちゃんと前提や典拠が明示されていて、かつロジックが正しくスキップやエラーがないと判断されたものなのだろうが、正しいと評価された論文が、数年後に間違っていたと反証される場合もある。

「……その論文、すごく面白そう。あとでちゃんと読んでみるわ」

研究者としての性質《さが》なのだろう。それを書いた人が自分の番《つがい》を奪おうとしているとしても、興味深い論文は読んで考察を深めたくなるのである。

羽衣が真面目な顔で頷いたのを見て、風子はパッと顔を輝かせる。

「そうでしょう⁉　ぜひ読んでみてよ！　…………ええと、そうじゃないのよ！」

どうやら自分の論文を面白そうだと言われてうっかり喜んでしまったらしい。

はしゃいだ声色のトーンを下げ、風子はゴホンと咳払いをした。

「私が言いたいのは、私と桐哉が『運命の番《つがい》』だっていうのは、嘘《うそ》じゃないってこと！」

「……つまり、あなたと桐哉くんの遺伝子的相性が百パーセントだったと？」

「そうよ！　疑うなら、判定結果を見せてあげるわ！　ちゃんと正しい数値だって分かるから。だから私と桐哉は『運命の番《つがい》』で間違いないの！　発情期《ヒート》だって、今度彼に会えたら絶対起こるんだから！」

　自信満々に宣言する風子に、羽衣は一切否定の言葉を出さずに頷いた。

「……そうね、見せてもらいたいかな」

「分かったわ！　ねえ、ついでにそれを桐哉に見せてよ！　そして私が日本に来てることを伝えて！　そうしたら、絶対に私に会いに来てくれるもの！」

　羽衣がその桐哉の妻で番《つがい》だということをすっかり忘れているのだろうか。

　満面の笑顔でそんなことを言われ、さすがの羽衣も呆れてしまう。

　頭が良いけれど、精神面がとても幼い人なのかもしれない。

　そんな風子に、羽衣はにっこりと微笑んで言った。

「それで、いつ彼のＤＮＡ検体サンプルを？」

　ＤＮＡを検出するための検体として、口腔上皮《こうくうじょうひ》、血液、精液、毛根がついた状態の体毛などが挙げられるが、いずれも本人の身体の一部である。言うまでもなく新鮮な状態である方が良いのだが、桐哉本人がそれを渡すとは思えない。となれば、違法な手段を使ってそれを入手したとしか考えられない。

　羽衣の指摘に、風子はギクリとした表情になる。

「そ、それは……」

「合法に入手したのであればいいけど、違法な手段を使ったのだとしたら、きっと桐哉くんは怒ると思うよ。……それでも見せていいの？」

ついでに言えば、怒るだけでは済まない。

法的に訴えて、なんなら颪子の将来を徹底的に潰しさえするだろう。下手をすれば、颪子の家族もろとも社会的に排除しようとするかもしれない。

王寺桐哉は、一度怒らせると火炎放射器のように苛烈《かれつ》な男なのだ。

王寺家のアルファである桐哉の遺伝子を欲しがる人間は少なくない。優秀なアルファの血統であることから、彼の遺伝子情報は貴重なサンプルになるからだ。

だが遺伝子情報を他者に把握されることは、弱みに繋《つな》がる可能性もあるため、王寺家ではそういった管理も徹底されているはずだ。

そして桐哉自身が、口腔上皮だとか体毛だとかいった自分の身体の一部を欲しがる他者を、生理的に嫌悪しそうだ。

羽衣は研究者なのでそうは思わないが、一般人が気持ち悪いと思うのは理解できる。

桐哉が烈火の如《ごと》く怒ることは想像がついたのか、颪子は目を泳がせながらしどろもどろに口を開いた。

「き、桐哉だって、私が『運命の番《つがい》』だって分かれば、許してくれる……！」

「そう、じゃあ見せてみるね」

羽衣があっさりと請け負えば、風子は不安になったのか、焦《あせ》って止めてきた。

「ま、待って！　まだ見せないで！」

「そうなの？」

「あ、会えば分かるはずだもの！　会いさえすれば、桐哉は私が『運命の番《つがい》』なんだって理解する！　だから、会ってから事情を説明するから、桐哉に会わせてよ！」

そんなことまで要求してくる風子に、羽衣は優しげな微笑みを浮かべて首を傾げる。

「どうして私がそんなことをしなくちゃいけないの？」

そんなことを言われるとは思ってもみなかったのか、風子がポカンとした顔になる。

「え……だって、私が桐哉の『運命の番《つがい》』だって認めてくれたんでしょう？　だったら……」

都合のいい解釈に、羽衣は大声で笑い出したくなった。

よくそんな厚顔無恥《こうがんむち》でいられるものだ。

自分の言動で誰かが傷つくことを想像すらしない。

そんな傲慢《ごうまん》で愚《おろ》かな人間を、羽衣は好きにはなれない。

(なんなら大嫌いだわ)

心の中で吐《は》き捨てると、羽衣はスッと笑顔を消して風子を見据《みす》える。

「私はあなたの言うことを否定しなかっただけ。別に認めたわけじゃないわ。桐哉くんは私の番《つがい》だと言ったよね？　自分の番《つがい》を奪おうとするオメガに協力するわけがないでしょ？　悪いけれど、王寺家・小清水家の総力を使ってあなたを排除するわ。覚悟しておいてね」

羽衣の冷ややかな眼差《まなざ》しと容赦のない物言いに、風子が気圧《けお》されたように絶句した。

なぜか風子には侮《あなど》られていたようだったが、羽衣とて小清水家の――アルファに似た気質を持ち、時にアルファすら支配下に置くと言われる、『女神胎《めがみばら》』のオメガなのだ。

当主である母ほど顕著ではないが、売られた喧嘩《けんか》は買う程度には、『女神胎』の気質を受け継いでいる。

明らかに顔色を変えた風子に、羽衣はもう一度にっこりと微笑みかける。

「じゃあ、そういうことだから。あなたも早く仕事に戻ってね」

言い置いてその場を去ろうとすると、背後から叫び声が聞こえてきた。

「……な、何よ！　王寺家とか小清水家とか！　身内の権力を笠に着るなんて、卑怯《ひきょう》だとは思わないの⁉」

破れかぶれの反撃に、羽衣はゆっくりと振り返って首を傾げる。

「笠に着ているわけじゃないわ。権力を持ってるのは私自身だもの」

「な……あなたなんか、桐哉の力がなかったらなんにもできないくせに！」

キャンキャンと噛みついてくるくせに、完全に腰が引けているのが表情で分かる。

羽衣の余裕のある態度に、完全に呑《の》まれてしまっているのだ。

「あなたなんにも知らないのね」

憐《あわ》れむように言って、スッと彼女の方へ手を伸ばした。

風子がビクッと身体を震わせたが、羽衣は構わず染められた金色の髪をすくうと、親指の先でその表面を撫《な》でる。ブリーチのせいで傷んだ髪は、パサついていた。

自分の髪に触れられているというのに、風子は文句も言わず、ただ羽衣の顔を食い入るように見つめている。まるで蛇《へび》に睨《にら》まれた蛙《かえる》のようだった。

「私は王寺家の当主の番《つがい》となるために育てられた『女神胎』のオメガなの。十代の頃には両家の所有する株や不動産を受け継いで管理しているし、当然それに伴う権力も人脈も持っている。桐哉くんの力を借りなくても、あなたを排除することなんて電話一本で済むわ」

優しく言いながら、髪に触れていた指を移動して風子の顎を摘まむと、彼女が小さく「ヒィッ」と泣いた。

「……とはいえ、あなたが優秀な研究者であることは確かだから、それに免じて抹消するのはやめてあげる」

「ま、抹消って……！」

悲鳴のような声で言う風子はもう涙目になっている。

羽衣は彼女の問いには敢《あ》えて答えず、穏やかな笑みを浮かべるに留めた。その方が相手の恐怖を煽《あお》ると知っているからだ。

「王寺グループで働くことは許してあげてもいいわ。抹消されたくなければ、大人しく仕事をなさい。でも要《い》らないことをするようなら……お仕置きは、覚悟しておいてちょうだいね」

嫣然《えんぜん》と微笑んで言い置くと、羽衣は風子の顎から手を離した。

そうして今度こそ研究室へ戻るために踵を返す。

風子は腰が抜けたのか、その場にへたり込んでいたが、羽衣はもう振り返らず足早にその場を立ち去った。

(……早く、ここから逃げたい……！)

風子の顔をこれ以上見ていたくない。

彼女の傍若無人な言動に腹が立った勢いで盛大に啖呵《たんか》は切ったけれど、羽衣の心は千々《ちぢ》に乱れていた。

(桐哉くんの『運命の番《つがい》』……それが本当だったら……)

自分はどうなってしまうのだろうか。

桐哉のキスの甘さを、抱き締めてくれる腕の力強さを、彼がくれる熱を知ってしまった今、彼なしで生きていける気がしない。
（……きっと、私、気が狂ってしまう……）
渦巻く不安に押し潰されそうになりながら、羽衣は唇を噛み締めたのだった。

第五章　二者択一

風子《ふうこ》との一件の後、羽衣《うい》はしばらく研究所にある自室へと引きこもった。

ここでは室長以上の役職のものに個室を与えられるのだ。

とはいえ、本棚とデスクを置くと何も置けないほどで、応接室を兼ねている所長室と比べればずいぶんと狭い。

（……でも、一人でものを考えるにはちょうどいい）

デスクの上で開いたノートパソコンで見ているのは、先ほど言っていた風子の論文だ。

自分の不安を煽《あお》る行為だと分かっていても、確かめずにはいられなかった。

（……悔しいけれど、素晴《すば》らしい論文だわ）

時間をかけて最後まで読み終えて、羽衣はため息をつく。

評価されているというだけあって、破綻も瑕瑾《かきん》もなく、完璧に纏《まと》められている。

（……ということは、風子さんが、桐哉《きりや》くんの『運命の番《つがい》』だって話は、本当ってことになるのかしら……）

風子が桐哉に恋するあまり、別人の遺伝子データを使って騙そうとしている、という可能性もあるが、おそらくそうでないだろうなと羽衣は思っていた。

（嘘《うそ》であんなに自信満々になれるわけがない）

『会いさえすれば、桐哉は私が『運命の番《つがい》』だって理解する』

風子の発言を思い出して、羽衣は苦々しい気持ちになった。

嘘をついているなら、出てこない発言だろう。

桐哉を自分の『運命の番《つがい》』だと確信しているからこそ、違法な手段で彼のＤＮＡ検体サンプルを入手した罪も、なかったことにしてもらえると思っているのだ。

「だったら、やっぱり桐哉くんと風子さんの遺伝子的相性が、百パーセントということよね……」

泣き出したい気持ちで、羽衣はデスクの上に突っ伏した。

「また私、『運命の番《つがい》』に奪われるのか……」

最初は藤生《ふじお》、次に桐哉。

『運命の番《つがい》』の存在自体が都市伝説のような存在だというのに、この頻度はいっそ奇跡だ。

（藤生さんの時は、なんの苦しみも葛藤もなかったけど……今回のは、辛《つら》いなぁ……）

藤生には恋心を抱いていなかったし、むしろ彼に『運命の番《つがい》』が現れたことを祝福すらしていた。家族同然の人だ。今でも幸せになってほしいと心から祈っている。

それなのに、桐哉に関してはそんな殊勝な気持ちには全くなれない。

桐哉は自分の番《つがい》だ。誰にも渡したくない。奪うというならその相手を消してやる——そんな強烈なまでの憤怒《ふんぬ》と拒絶が胸を渦巻《うずま》いている。

だが一方で、自分のその業火のような感情が、間違っているのだとも思う。

(……本当に愛しているのなら、その人の幸福を祈るべきなのよね……)

桐哉に『運命の番《つがい》』が存在するなら、そのオメガと番《つが》った方が幸福に決まっている。

自分の両親や、藤生と姫川《ひめかわ》を見ているから分かる。

自分たちの唯一無二を手に入れた彼らは、幸福そうで、美しくて、完璧だ。

桐哉があんな幸福を得られるのならば——自分は身を引くのが模範解答だ。

分かっている。

「……でも、やだよ……。きーちゃんは……行かないでよ……」

情けない哀願を、誰も聞いていない今だけは許そう。

「行ってほしくないよ……、傍《そば》に、いてよ、きーちゃん……」

呟《つぶや》きに涙が絡んだ。

突っ伏したままでいるから、涙がポタポタとデスクの上に落ちる。後から後から溢れ、このままでは水浸しになってしまうだろうが、今は気にする余裕なんてなかった。

胸が痛くて、切なくて、悲しくて、千切《ちぎ》れそうだ。

番《つがい》になる前だったら、この痛みはもう少しマシだっただろうか。

彼に抱かれる幸福を知ってしまった今、その手を離す覚悟がどうしてもできない。

「……やだ……きーちゃん、好きなのに……。こんなに、好きなのに……」

離れたくない。傍にいたい。

たとえ彼が愛しているのは自分じゃなくても、傍にいさせてくれるだけでいい。

「好き……好きだよ、きーちゃん……。愛してる……」

想いの吐露《とろ》は、血を吐《は》くように痛かった。

できるなら彼に伝えたかった。

それは彼との結婚が決まった時から、ぼんやりと考えていたことだった。

小さな頃から、ずっとあなたが好きだったと、恋い焦《こ》がれ続けていたのだと、いつか伝えられたら、と。

けれど、婚約破棄されてしまった自分と仕方なく結婚した桐哉には、まだ言えないと思っていた。きっと自分の想いは、彼にとっては枷《かせ》にしかならない。愛しているのだと言ってしまえば、きっと桐哉は気を遣ってくれるだろう。羽衣が傷つかないように、愛しているふりをしてくれるかもしれない。

それは羽衣の本意ではなかった。

羽衣は彼に愛されたいけれど、愛するふりをされるのは違う。愛する人に、想いを偽《いつわ》らせるような真似《まね》をしたくない。そんな惨《みじ》めな人間にはなりたくなかった。

だから、この気持ちを告げるのは、ずっとずっと先のことだと思っていた。

いつか、自分たちが年を取っておじいさんとおばあさんになって、これまでの人生を穏やかな気持ちで振り返ることができるようになったら。

その時にならら、この愛を告げても、桐哉の負担にはならないのではないか。

（……桐哉くんと、おじいちゃんとおばあちゃんに、なりたかったなぁ……）

子どもをたくさん産んで、その子たちに翻弄《ほんろう》されながら子育てをして、やがて子どもたちも結婚して孫ができて――自分と同じ恋情は返してもらえなくとも、家族として穏やかな愛情を育んでいけたら、きっとそんな幸福な未来が待っていると信じていた。

だが実際には、桐哉には『運命の番《つがい》』かもしれないオメガが現れて、自分の幸福を採るか、彼の幸福を採るかという、究極の二者択一を迫られているのだから、本当に人生とはままならないものだ。

桐哉の幸福を採るべきだ。

本当に彼を愛しているのなら、それができるはずだ。

ひとしきり泣いたら、荒れ狂っていた感情は収まってきた気がする。だから、自分の恋心ではなく、桐哉を大切にしたいという気持ちも少しだけ芽生えてきた。

「桐哉くんに番《つがい》解消されちゃうと……はは、私の人生、かなりハードモードになっちゃうなぁ」

一度番《つがい》契約が成ってしまっても、アルファからの番《つがい》契約解消は可能だ。

これはオメガの意思を問わず一方的にできるもので、アルファは新たなオメガを番《つがい》に迎えることができる。

これに対してオメガの方は、番《つがい》を解消されてしまうと、新しい番《つがい》を得ることはできない。

番《つがい》に鎮めてもらえた発情期《ヒート》発作は、他のアルファとセックスしても治らない。そのため番《つがい》に捨てられたオメガは、発情期《ヒート》が来るたびに、地獄の苦しみを味わい続けなくてはならないのだ。

(……今でこそ抑制薬の進化で、発情期《ヒート》の症状を和らげることができるようになったけれど、この先一生一人で生きなくちゃいけないことも、あの苦しみに耐えなくちゃいけないことも、変わらない)

一人で生きる孤独と、耐えなくてはいけない苦痛を想像し、ゾッと背筋に寒気が走った。

「どうして、こんなことになっちゃったんだろう……」

羽衣は吐き出すように言った。

今後のことを考えなくてはいけないのに、泣きすぎて頭がよく回らない。

ぼーっとしながらのろのろと身を起こして、デスクの上にできた涙の水たまりをティッシュで拭《ふ》いた。涙は多すぎてティッシュ一枚では拭ききれず、何枚も追加してようやく拭き取ることができた。

ゴミ箱をティッシュが埋めているのを見て、羽衣はフフッと乾いた笑いを漏《も》らす。

「……泣きすぎ、私……」

こんなに泣いたのはいつぶりだろうか。

もしかしたら、桐哉に捨てられて入院した、あの時以来かもしれない。

「あーあ。昔っから、私が泣くのは決まって桐哉くんが原因じゃない。……ふふ、ほんと、我ながら、成長してないなぁ……」

泣いたせいで鈍い頭痛を感じて、羽衣はバッグから鎮痛薬と水のペットボトルを取り出した。

するとペットボトルの隣にあったスマホが振動し始めたので、手に取って画面を確認する。

表示されていたのは、見慣れた番号と名前だった。

「……藤生さんだ」

今泣いていたばかりだし、出るのは憚《はばか》れるなと逡巡《しゅんじゅん》したが、彼には訊《き》きたいことがあったのだと思い出し、羽衣は通話のアイコンをタップする。

「もしもし」

『あ、羽衣？　仕事中にごめん。今ちょっといいかな？』

「うん。どうしたの？」

『あのさ……って、あれ？　羽衣、なんか鼻声……？　もしかして、泣いてた？』

耳ざとい藤生は、羽衣の声の違和感にすぐに気がついた。

子どもの頃から羽衣に寄り添ってくれた兄のような存在だから、きっと鼻声でなくとも泣いていたことは気づかれていただろう。

「はは、まあ、ちょっとね……」

『ちょっとって……君、滅多に泣かないだろ。……ねえ、もしかして、あの今泉《いまいずみ》って子が君に何かしたんじゃない？』

そのものズバリ当てられて、羽衣はため息をつく。

（……風子さんをランバート・プリンスから出向させたの、藤生さんだって言ってたしなぁ）

確かに藤生は変わったことをする人間を好む傾向にあるが、よく考えれば用意周到な彼にしては少々行動が突飛すぎる。何か思惑があるのではと思っていたのだ。

「藤生さんが連れてきたんだってね、あの人。ランバート・プリンスの方が会社の規模も大きいしラボの設備だって整ってるでしょう？　どうしてわざわざうちに？」

彼からの質問には答えず、逆に訊《たず》ねると、藤生は申し訳なさそうな声になった。

『ごめん、羽衣は当分有休を取るものと思ってたから、言わなかったんだけど……』

「当分有休を取る？　どうしてそんなことを？」

そんな予定は全くなかったので、羽衣は少し目を瞬く。

昨日有休をとったけれど、それは引っ越しの荷物を片付けるために臨時で一日もらっただけだ。

『いやだって、君たち一緒に住んでるんだろう？』

「ああ、うん。なんか、桐哉くんがそうしろって……」

『だったら蜜月も同然だろう？　だからてっきり長期休みを取ってるものだと思ってたんだけど……』

蜜月、と言われ、羽衣は「なるほど」と曖昧《あいまい》に思った。

確かに新婚なのだから、蜜月とも言える。だが蜜月で休暇って取るものなのだろうか、と首を捻《ひね》ってしまう。新婚旅行に行くとしたら必要だろうが、桐哉と羽衣は互いに仕事が詰まっているので今は行ける状況にない。

「あ、そうだ。籍も入れたよ」

『は？　籍も？　結婚式は来年って言ってたよね？』

「うん、そうそう。結婚式はうちも王寺《おうじ》家も準備とか段取りとかいろいろあるから、時間も手間も相当にかかるだろうからね……」

桐哉との婚約が決まった時に、両家の母親から結婚式の準備について聞かされたが、気が遠くなりそうなほど面倒臭い話だった。

そのことを思い出して苦笑していると、藤生が思案げに「うーん」と唸《うな》る。

『それ、結婚式の日取りを早めるか、半年以上先に延ばすかした方がいいんじゃないの？』

「え？　なんで？」

意味が分からず首を捻っていると、藤生が少し言いにくそうな口調になった。

『いやだって……一緒に住んでるんだろう？』

「そうだけど」

『……あ〜、つかぬことを訊くけど、これは下世話な詮索じゃなく、兄としての心配ゆえだから。……君たち、その、もう済ませた？』

「！」

藤生が何を言わんとしているかをようやく察して、羽衣は顔が真っ赤になった。

言うか言わざるか迷ったが、藤生が前置きしたとおり、純粋に心配してくれていることが分かったので、素直に答えることにした。

「……うん。番契約《つがい》も成ってる」

『うわ、そうだろうな。そうだと思ったよ。一緒に暮らして桐哉が我慢できるわけないもんなぁ……』

「もう、どうしてそんなこと言うの！」

羽衣はちょっとムッとしてしまう。

確かに『アルファとオメガを同じ部屋に置いておけば間違いが起こる』と言われるほど危険なことだと言われてきたが、抑制薬の進化でそういった事故もほとんどなくなったというのに。

『いや、僕も兄として、あいつには我慢をさせすぎてきたって反省してるんだ。とはいえ、羽衣の気持ちが一番大事だからさ。……はぁ～。そうか、君たちがなぁ……』

藤生の口調にどこか嘆くような色があって、まるで娘に彼氏ができたことに苦悩する父親みたいだとおかしくなる。

思えば羽衣の両親は良い意味でも悪い意味でも互いに夢中で、子どもたちすら眼中にない。

羽衣は生まれた時から婚約者が決まっていたせいもあり、そういう類《たぐい》の心配を父親からされたことがないのだ。

（私にとって藤生さんて、お兄ちゃんでもあり、お父さんでもあるのかも）

『はあ、まあ、とりあえず番《つがい》成立おめでとう』

「……ありがとう」

なぜかため息交じりの寿《こと》ぎ《ほ》の言葉に礼を言ったが、微妙な気持ちになってしまう。

(もしかしたら、すぐに解消されちゃうかもしれないけどね……)

風子のことをいつ切り出そうか考えているると、藤生が言葉を続けた。

『番《つがい》になったんだったら、余計に式の予定変更した方がいいだろう？　子どもができてるだろうから、お腹が大きくなって花嫁衣装が着られなくなったら、多分うちの母親が嘆くと思うし。あの人、羽衣に着せる白無垢《むく》を京都にまで行って物色してるらしいよ』

その指摘に、羽衣は冷や水を浴びせかけられたような心地になった。

(――そうだった。子ども……お腹に、赤ちゃんがいるかもしれないのに……)

まだ確定ではない、と医師から言われたが、アルファとオメガが番《つがい》となった時の行為では、九割以上の確率で妊娠する。だから自分は今妊娠している可能性が高いのだ。

(……こんな大事なことを、どうして私は忘れていたんだろう……)

桐哉との番《つがい》契約が解消されたら、お腹の子どもはどうなるのだろうか。

自分のことは、発情期《ヒート》が辛くても孤独でもなんとかなるかもしれないが、子どもは違う。子どもには、父親から愛される権利があるはずだ。

「ふ、ふーちゃん、私……どうしよう。助けて、どうしたらいいの……？」

先ほどひとしきり泣いたおかげで収まっていた不安が、また一気に噴き出してきて胸の中で渦を巻いた。

突然震える声で助けを求める羽衣に、藤生が一瞬沈黙した。

だがすぐに優しい、頼もしい声が返ってきた。

『大丈夫、絶対に助けてやる。だから何があったのか、全部話してごらん』

＊＊＊

全ての話を聞き終えた藤生は、電話の向こうで長い長いため息をついた。

『マジか……桐哉のロンドン時代の知り合い？　全然聞いてないんだけど！　おまけに自分が桐哉の運命の番《つがい》だから、譲れって？　すごいね、頭おかしい。何様なんだ？　は〜、ヤバいね。サイコパスだ。そんなにヤバい子だったのか……』

その感想に、羽衣はつい噴き出してしまう。

もっといろいろ重要な点はあったはずなのに、印象に残ったのはそこだったらしい。

「藤生さんもヤバいと思う？」

『いや思うに決まってるでしょうが。思い込みが激しすぎるし、思考が幼稚の極み。おまけに桐哉のＤＮＡ検体の不法入手？　王寺家の強固なセキュリティをかいくぐって、毛根だの精液だのを集めたってことだろう？　常軌を逸《いっ》してないとそんなことできないよ、気持ち悪い！』

他の人から言葉にされると、確かに常軌を逸しているし、気持ち悪いと思うから不思議だ。

藤生の恐怖が声から伝わってきて、羽衣は苦笑した。きっと今、自分の身体を抱き締めて身震いしてるのだろう。

「でも彼女の論文は素晴らしかった。多分、天才の一人だと思う」

『あ～、確かに。僕も読んだけど、確かにあれはすごい。今泉が構想してるやつが実現したら、かなり話題になるだろうなとは思ってた』

「構想してるやつ？」

『アルファとオメガ専用のマッチングサイトだよ。ＤＮＡを簡易キットで採取して登録すれば、遺伝子的に自分と相性の良い相手が見つけられるってシステム』

「へえ……！　それは画期的だね……！」

羽衣は思わず感嘆した。

アルファやオメガ専用のマッチングサイト自体はずいぶん前から存在し、珍しいものではない。アルファもオメガも数が少ない。対《つい》になる性別の相手に出会えず、ベータと結婚する例も多々あるくらいだ。そういうサイトが出現するのは自然の流れだ。

多くのアルファやオメガにとって、『運命の番《つがい》』は憧れの存在だ。

「比翼連理《ひよくれんり》」、「ベターハーフ」、「ソウルメイト」などという多くの言葉が表すように、自分の『運命の相手』が欲しいというのは、何もアルファやオメガに限ったことではなく、全人類の望みともいえるかもしれないが。

だが当たり前だが、出会い系サイトを使っても『運命の番《つがい》』に邂逅《かいこう》できる例はほとんどない。

「それが実現したら、『運命の番《つがい》』に出会える人たちが増えるし……そうじゃなくても、遺伝子的に相性の良いパートナーを見つけられるってことだもんね」

羽衣の感想に、藤生が「そうなんだよね」と相槌《あいづち》を打ちつつも、どこか浮かない声色だ。

『まあ、うちのグループとしても結構期待してるプロジェクトで、今泉はその要《かなめ》になる研究員ってわけなんだけど、ちょっとトラブルが発生してね』

「トラブル？」

『そう。……これはまだ内密なんだけど。ランバート・プリンスの中に、そのプロジェクトの情報をよそに漏らした奴がいるみたいなんだよね』

「えっ……！」

思いがけず大事《おおごと》な話に、羽衣は誰もいないのに周囲を確認してしまった。

「た、大変じゃない……」

『そう、大変なんだよ。そのプロジェクトはランバート・プリンスの中でもまだごく限られた人間しか知らないんだ。どこから漏れているのか、その犯人を捜そうとしてた矢先に、今泉がそっちに行きたいって言い出した』

「……それって……」

情報漏洩《ろうえい》したのがバレそうになって、別の会社に逃げようとしているように見える。

『怪しいでしょ？』

わりとヘビーな内容なのに、藤生がどこか楽しそうに訊くから、羽衣は戸惑いつつも頷《うなず》いた。

「う、うん」

『ふふ、面白いよね。すごい怪しい行動なのに、それを怪しまれないって思ってるんだよね。ばかなのかな？　勉強できるのに頭悪いってこういうことなんだなって思っちゃったよ。そもそも本当に逃げようとしてるんだったら、グループ傘下の会社に逃げても意味ないって分かんないのかな？』

（うっ、久しぶりに聞いた。ふーちゃんの毒舌……！）

藤生は一見穏やかで優しいけれど、その実、腹の中は真っ黒で口がめちゃくちゃ悪い。普段は隠しているが、怒ると笑顔で肝《きも》が冷えるほどの毒舌を発揮するので、『毒舌王子』という二つ名まであったりする。

『その場で問いただして口を割らせても良かったんだけど、いったん泳がせてみようかと思って、そっちにやったんだ。ランバート・プリンスはうちの傘下とはいえ、株式買収じゃなくて事業買収だったから、未だ元持ち主のランバートホールディングス寄りの社員がわんさかいる。犯人が複数いる可能性も含めて、引き離しておいた方がいいという判断。今泉がプロジェクトの要だから、抜けられても困るっていうのが本音なところはあるけどね』

「そんなことがあったんだ……」

風子がいきなりランバート・プリンスから出向してきた理由が分かり、羽衣はため息をついた。藤生にしては行動が杜撰《ずさん》だと思ったが、そんな理由があったのなら仕方ない。

『今泉のことは数日中にカタをつけるつもりだったから、羽衣が休んでいる間に終わると思ってたんだよ。まさか出勤してくるなんてなぁ……』

「このこと、桐哉くんは知らないの？」

よく考えてみれば、こんな重要な話を桐哉が知らないのも不思議だ。

羽衣の問いに、藤生は「ははは」と乾いた笑いを漏らした。

『いやあいつ、君との婚約破棄してから、僕のこと完全無視してるからね……』

「えっ!?　嘘でしょう!?」

羽衣はびっくりして大声を出してしまった。

桐哉は幼い頃から兄の藤生を尊敬して、とても懐いていたのだ。両親の言うことには反発しても、藤生の口から言うと素直に従う、なんてこともあるくらいに。

「き、桐哉くんが、藤生さんを無視？　あんなにお兄ちゃん大好きだったのに！　そんなことありえるの⁉」

信じられない、と叫《さけ》ぶと、藤生はまた「ははは」と作り笑いの声をあげる。どんな時も完璧な笑顔を作れる人なのに、どうやら可愛がっていた弟に無視されて、結構傷ついているようだ。

『いや～、怒るだろうなとは思ってたけど、そりゃあもう烈火の如く激怒したね……。帰国して顔を見るなり、強烈なボディブロー食らったよ』

「えっ！　な、殴られたの⁉　なんでそんなに……？」

あの桐哉が尊敬してやまない兄を殴るなんて、にわかには信じがたい。

何をしてそんなに怒らせたのだろうか。

『まあ、一発だけだよ。羽衣と婚約破棄して他のオメガを選んだんだから、桐哉が怒るのも仕方ないんだ』

「あ……そう、だよね。桐哉くんは婚約破棄のせいで、私と結婚しなくちゃいけなくなったんだもんね……」

桐哉がそこまで腹を立てる原因に思い当たり、羽衣の心がズンと沈んだ。

自分では分かっていたつもりだったが、他人から聞かされるとダメージが大きい。

落ち込む羽衣に、今度は藤生が驚いた声を出した。

『は？　何言ってるの？　婚約破棄のせいで結婚って……。桐哉が君とイヤイヤ結婚したとでも思ってる……？』

「え？　だってそうでしょう？　桐哉くんが私に『お前のお守《も》りはもうたくさんだ』って切り捨てられたこと、藤生さんだって知ってるじゃない」

桐哉がいなくなったことにショックを受け、羽衣は衰弱して入院までした。その時に毎日見舞いに来て励《はげ》ましてくれたのは、他ならぬ藤生なのだから知らないわけがない。

『いやいやいや、それはそうだけど……昔の話じゃないか。……あれ、君たち番《つがい》になったのに、まだそんな感じなの？　え？　話し合いとかしてないの？』

「話し合い……？　してるよ、ちゃんと」

桐哉は基本的に羽衣をとても尊重してくれる。日常生活における細々としたことまで、どうしたいか意見を訊いてくれるし、彼の希望も教えてくれる。

だから自信満々に頷いたのだが、藤生は納得してくれなかった。

『本当かな～～～、う～ん、なんとも危ういけど……そういうのって二人の問題だし、他人が介入したら余計拗《こじ》れるから触らないってのが定石だしなぁ……』

よく分からない独り言をブツブツと言って苦悩していたが、やがて「うん、まあ今はそれは置いておこう」と話題を元に戻した。

『とりあえず、今重要なのは、今泉のことだ』

「うん。でも、風子さんが情報漏洩の犯人だって証拠はまだないんでしょう？　多分、あの人の目的は逃げることじゃなくて、私に会いに来ることだったんじゃないかな？」

最初に会った時から、風子は羽衣に対して好戦的だった。

それに会話をしてみて気づいたのは、あまり思慮深いタイプではないということだ。自分の言動を相手がどう捉えるかを、意図的に気にしないのではなく、気にするという思考回路を持ち合わせていないような印象を受けた。

(極端に頭の良い人にはそういう傾向があるって、何かの本で読んだことがあるし……。確か、有名なイギリスの数学者もそうだったはず)

彼は知能指数が高いだけでなく、数字を色相や感覚と結びつけて理解する共感覚能力の持ち主だったことから、彼をモデルに映画やドラマが制作され、世界的に有名となった。数学や言語学に高い能力を表す一方で、日常生活においては他者とのコミュニケーションで困難を抱えていたと言われている。

もしかしたら風子もそういうタイプなのではないだろうか。

『うーん……証拠がないっていうか、状況証拠みたいなものっていうか……。今回の情報漏洩先が、イギリスのとあるシステム開発会社だったんだけど』

「システム開発会社？　ってことは、アプリとか作ってる会社ってこと？」

羽衣が訊ねると、藤生は「そう」とため息交じりに答えた。

なるほど、と羽衣は頷く。製薬会社とは一見関係のなさそうな業種に思えるが、今回のプロジェクトが『画期的なアルファとオメガの出会い系サイト』なのだから、その情報に興味があるのは当然だ。

『その代表の名前がユキヒコ・イマイズミだったんだよね』

「えっ」

聞いたことがある名前に、羽衣は絶句する。

雪彦《ゆきひこ》――桐哉と清原《きよはら》の会話に出てきていた、留学時代の友人で、風子の兄の名前だ。

「そ、それは……もう」

『ほぼクロでしょ』

「う、うん……」

『しかもその情報漏洩がなんで分かったかって、その今泉雪彦がうちに「そのマッチングサイトアプリの開発をうちにやらせろ」って、ランバート・プリンスにメールを送りつけてきたからなんだよね。確かにプロジェクト内で、マッチングシステムは他社に発注することにはなっていて、どこに依頼するかまでは未定だったから、なんでそんな詳しい情報がイギリスのちっさい会社に漏れてるのかって、わけが分からなかったよ』

「ええっ⁉　嘘でしょう⁉」

それでは違法に機密情報を入手しましたと自白しているようなものだ。

喫驚《きっきょう》する羽衣に、藤生はもう一度深々とため息をついた。

『まあ普通に考えればそうなるだろうな。でも今泉雪彦は妙に自信満々でさ。こっちが違法で情報を盗むような会社は信用できないと言っても、「どうせうちと契約することになるだろう。まあ決まったら連絡をくれ」って横柄《おうへい》な返事がくる始末で。頭のおかしいヤツだなと思ったけど、情報握られている以上、放っておくわけにもいかなくて……』

藤生の話を聞きながら、羽衣の頭の中で、一つのピースがカチリと音を立てて嵌《は》まった。

「待って。自信満々な理由って、もしかして、桐哉くんと風子さんが『運命の番《つがい》』だからってことなんじゃ……？」

雪彦は桐哉の古い友人だと言っていたから、桐哉の素性《すじょう》は当然知っているだろう。ネットには桐哉の記事が複数上げられているから、彼が王寺グループ内で大きな発言権を持っていることもすぐに分かる。

そして妹の風子が、その金と権力を持つ男の『運命の番《つがい》』であるという証拠を手に入れた。

つまり、雪彦は巨大な王寺グループの次期総帥の義兄《あに》になれるということだ。

ならばその立場を利用して、甘い汁を啜《すす》ってやろう――そういう魂胆なのではないか。

『……僕もそう思った。今泉風子が唐突に出向願を出したのも、逃げるためじゃなく、羽衣に会って早々に桐哉の番《つがい》を解消させたかったから、か……。桐哉に直接会う方が手っ取り早かったんだろうが、あいつは製薬関連とは別部署の担当だし、次期当主になったばかりの今、どこへ行くのにも屈強なセキュリティサービスの人間が四人もついて回る。スケジュールにない人物が突然現れても、近づけるわけがない』

それは下手をすれば、セキュリティサービスの人たちに取り押さえられてしまうだろうな、と思いつつ、羽衣は力なく笑った。

「……でも、お兄さんまでそこまで強気に出られるってことは、やっぱり風子さんが桐哉くんの『運命の番《つがい》』って、本当なんだね……」

嘘であってほしいと思っていた。あの論文も、どこかにミスがあるんじゃないかと探しながら読んだ。――結果は、打ちのめされただけだったが。

『それなんだけど。たとえそうだったとして、桐哉が君を捨てることはないと思うよ』

藤生の慰《なぐさ》めの言葉に、羽衣は苦い笑みがこぼれた。

「……ありがとう。でも、そんなわけないでしょう？　『運命の番《つがい》』だよ？　強烈に惹かれ合って、引き離されたら死んでしまうような、本能的な恋情に、同情や友情が敵《かな》うわけない……」

他でもない、姫川という『運命の番《つがい》』を得た藤生が一番分かっているはずだ。

それなのに、電話の向こうでは「そうかなぁ」という懐疑的な言葉が出てくるから、羽衣は少しムッとしてしまう。

「藤生さんだって、姫川くんに出会った時、めちゃくちゃ本能の赴《おもむ》くままだったじゃない」

羽衣はその現場にいたから知っている。

初めて出会った時、藤生は姫川を凝視したまま動かなくなったし、姫川は発情期《ヒート》発作を起こしてぶっ倒れたのだ。

仰天《ぎょうてん》した羽衣が介抱しようと姫川に近づいた瞬間、藤生が奪い取るように彼の身体を抱え上げ、どこかへ連れ去ってしまった。

残された羽衣は呆然とするしかなかったが、後日彼らが『運命の番《つがい》』だったと知らされてなるほどと納得したのだ。

『うーん。まあ、確かにあれは本能というか、衝動というか……抗《あらが》えない何かであることは確かだね。でも僕が言いたいのはそうじゃなくて、桐哉の君に対する感情が、同情や友情だって点だよ』

「同情と友情じゃなかったら、家族としての愛情？」

言い換えてみたが、藤生は「そうじゃない」と否定する。

『……これは僕の口から言うことじゃないと思うんだけど、君たちちゃんと話をしてないみたいだし、緊急事態だから……。あのね、君との結婚、無理やりなんかじゃない。桐哉が望んだことだったんだよ』

「そ、それは……桐哉くんは責任感が強いし、王寺家のアルファとしての矜持《きょうじ》を強く持っている人だから……」

仕方のない状況だと理解したから、藤生のこと、羽衣のこと、そして王寺家のことを考え、自分から望んだという形をとった方が全てが丸く収まると思っての言動だったのだろう。

『あのね、羽衣。桐哉は小さい頃、『羽衣は僕の番《つがい》だ』と口癖のように言ってたんだよ』

「えっ⁉」

初めて聞く話に、羽衣の胸が大きく音を立てた。

自分が覚えていないということは、きっと物心がつく以前の話なのだろう。

『爺《じい》様がそれを叱《しか》ってからは言わなくなったけど、桐哉は間違いなく、君を特別視していたし、異常に執着していたんだ。家の者は皆、それを桐哉がアルファだからだろうと言っていたけれど、同じアルファの僕は桐哉ほど君に興味を持てなかった』

「今、サラッと結構ひどいこと言ったね……」

確かに子どもの頃、藤生は優しかったが、桐哉ほど面倒を見てくれたわけでなかった。

だがよく考えたら、幼い少年が赤ん坊にそこまで興味を持つ方が稀《まれ》なのかもしれない。

(そう考えたら、桐哉くんはちょっと変わった子どもだったのかな……)

『あはは、ごめん。でも本当にそうなんだ。だから桐哉が君の傍から離れないのが不思議だったくらいだ。僕らが出会ったのは、六歳と四歳、君は生後七日、男女としての性差もまだほとんどない時期だろう？　そんな時期から、桐哉はハッキリと君を『自分の番《つがい》』だと言っていた。それって、桐哉が無意識の内にアルファの本能で君を『運命の番《つがい》』だと認識していたからなんじゃないかな？』

自分の覚えていない頃の話に、羽衣はドキドキと鼓動が速まるのを感じていた。

(もし、それが本当なら……)

桐哉と自分が『運命の番《つがい》』だったらいいのに――それはこれまでの人生で、幾度となく願った想いだった。そうしたら、自分は桐哉に切り捨てられることはなかったし、桐哉の傍にずっといられたのに。

だが、それはいわば夢のような……叶《かな》わぬ願いでしかなかった。

現実では、桐哉は遠く離れた異国から戻らず、自分は彼ではない人と結婚しなくてはいけない。それが気心の知れた藤生だったことだけが、唯一の救いだと思っていた。

期待に胸が膨らんだ瞬間、脳裏によぎったのは金色の髪――風子の顔だった。

「……そんなわけ、ないよ。だって、『運命の番《つがい》』は、会った瞬間に分かるんでしょう？　お互いが唯一無二だって。それに、私は生まれた時から桐哉くんと一緒にいたけど、彼に発情期《ヒート》を起こしたことはなかったもの……」

『運命の番《つがい》』に出会うと、オメガはその瞬間に発情期《ヒート》発作を起こす。

抑制薬が開発され普及した現在、オメガが発情期《ヒート》発作を起こすことは非常に稀だ。だから羽衣も藤生と姫川の邂逅時に、その現場を目撃してとてもびっくりしたのだ。

『だから、それも出会ったのが幼すぎたのが原因なんじゃないか？　僕は医学にはあまり詳しくないけど、さすがのオメガでも新生児の時に発情期《ヒート》は起こせないんじゃない？』

「あ……そうか、確かに……」

指摘されて、羽衣は頷く。

オメガが発情期《ヒート》フェロモンを発することができるようになるのは、卵巣が成熟してから――つまり月経を迎えてからだ。羽衣は発育がとても遅い子どもだったから、初潮が来たのは十五歳だった。

(その頃には、もう桐哉くんはいなかった……)

そう思ってまた期待がむくむくと膨《ふく》らんだが、すぐに反証に思い至ってしまった。

「……そうだとしても、やっぱり違うよ。桐哉くんが帰国してすぐ、私をラボまで迎えにきてくれたでしょう？　その時も私、発情期《ヒート》を起こさなかったもの」

羽衣が初めて発情期《ヒート》を起こしたのは、その後の話だ。

自分でそう説明しながらガッカリしてしまう。

物事の正誤《せいご》をすぐに検証してしまう、己《おのれ》の思考の癖が恨めしい。

もうちょっと希望に縋《すが》っていたかった、と心の中で涙を流していると、不思議そうに藤生が言った。

『え、でも、『運命の番《つがい》』に出会ったオメガは、その瞬間に発情期《ヒート》を起こす、っていうのは、旧説なんだろう？』

指摘され、羽衣はハッと風子の論文の内容を思い出した。

「あ、え、そうか。新説だと、発情期《ヒート》を起こす原因はストレスで、遺伝子的相性とは別なんだったね……。そうか、それだと確かに、私と桐哉くんが『運命の番《つがい》』である可能性もないわけではないってことになるか……」

そう思ったものの、やはり首を捻ってしまう。

そもそも根本的な問いが頭に浮かんでしまうからだ。

「……でもさ、『運命の番《つがい》』って、二人いちゃいけないんじゃない……？」

唯一無二の存在だから『運命の番《つがい》』なのではないだろうか。

『まあ、それはそうなんだよね～。でもそこは定義によるのかなぁとは、思う』

「定義？」

『だって『遺伝子的相性が百パーセントの相手』＝『運命の番《つがい》』って、今泉が提唱した定義でしょ？　あの論文はそれを前提に成立している論理だし。でも遺伝子的相性が百パーセントじゃない『運命の番《つがい》』だって存在するかもしれないわけじゃない？　実際に僕も『運命の番《つがい》』がいるけど、遺伝子的相性なんて測定してない。僕らの相性が百じゃない可能性だってあるわけでしょう？　あ～つまり数学で言う部分集合？　……違ったらごめん。僕もその辺、門外漢だから断言できないけど……』

藤生は考え込むようにブツブツと言いながら、最終的に「う～ん、ごちゃごちゃ考えすぎて面倒になってきた」と唸り声をあげた。

『羽衣、今泉風子を外国に行かせようか？』

明るい声で藤生に切り出され、羽衣は目を瞬く。

「え？　外国に、行かせるって……」

『まだうちの社員だから、なんとでもできる。もし今泉がうちを辞めても、常に見張りをつけて桐哉に近づけないようにすればいい。うちが使ってるセキュリティサービスは優秀だから、問題ないよ』

軽い調子でそんなことを言われ、羽衣は混乱する。

「え、待って。だって、そうしたら、桐哉くんの『運命の番《つがい》』が……」

『出会わなきゃ『運命の番《つがい》』なんか存在しないのと同じだよ。王寺グループの権力と財力、そしてコネクションを使えば、あの子程度の人間なら、王寺家が所有している絶海の孤島に閉じ込めることなんてわけないよ。なんならその兄も一緒に送っても構わないし』

幼馴染みのお兄さんが、穏やかな口調でものすごく恐ろしいことを言っている。

『外国』が『絶海の孤島』になっていて怖い。確かに外国だけど。

(……っていうか、なぜ王寺家は絶海の孤島なんか所有してるの……？　なんのために……？)

これは深く考えてはいけないのかもしれない。

羽衣はゾッと震え上がりながら、藤生からは見えもしないのにブンブンと激しく頭を左右に振った。

「い、いいいっ！　そんなことしなくていい！　大丈夫！」

さすがに拉致《らち》監禁は犯罪がすぎる。

『そう？　羽衣の不安を取り除くには、良い方法だと思うけど』

「拉致監禁は良い方法じゃないよ……」

震える声で反論したが、藤生は「ははは」と軽妙に笑っただけだった。笑うな。

（……ああ、でも、藤生さんのおかげで、ちょっと見えてきた）

王寺家の黒い面を垣間見たせいだろうか。自分の中に渦を巻いていた黒い不安が、なんなのか分かった。

これは、風子を排除してしまいたいという、おぞましい憎しみの感情だ。

桐哉を奪われたくない。

自分の番《つがい》を奪おうとする者は、全て消してしまいたい。

その醜《みにく》い切望は、けれど絶対にしてはいけない犯罪だ。

何よりも、愛する人の唯一無二である存在を、奪おうとしているということ。

「……私、桐哉くんに全部正直に話してみる」

羽衣は静かに言った。

（これが、正解だ。私の出した結論）

桐哉には全てを正直に告げる。

そうして彼が風子を選んだとしても、それが彼の幸せならば、仕方ない。

『……羽衣はそれでいいの？』

藤生が訊いた。とても静かな声だった。

「うん。桐哉くんが幸せなら、それでいい」

嘘じゃなかった。

彼が『運命の番《つがい》』を得られて、幸福な人生を生きていけるなら、もうそれだけで十分だ。

（……そんなの嘘だ。本当は、すごく怖い）

桐哉のいない人生を想像するだけで、気力が萎《な》え、涙が込み上げてくる。

だが――。

羽衣はそっと自分の下腹部に触れる。まだ平らなままのそこに、桐哉との子どもがいるかもしれない。そう思うと、力が湧いてくる気がした。

桐哉が風子を選ぶなら――子どもは、一人で育てよう。

両親は多分反対はしないし、助けてもくれるはずだ。妹たちも、双子の弟たちもきっと、この子を可愛がってくれるはず。

「……お腹の子は、小清水《こしみず》家で育てたい。それだけは、譲りたくない。藤生さん、お願いできる？」

王寺家の血を引く子だから、向こうが渡せと言ってくるかもしれない。
もともと王寺家は『女神胎』の子が欲しくて小清水との縁談を組んだのだ。
待望のその子どもを、簡単に手放してはくれないだろう。
羽衣のお願いに、藤生がしっかりと頷いた。
『任せて。父と桐哉と刺し違えてでも、君とその子は守ってあげる』
刺し違えるのは勘弁してほしい。
小さく噴き出してしまいながら、羽衣は「ありがとう」と礼を言ったのだった。

第六章　アルファの逆鱗

終業時間になったと同時に、羽衣《うい》は研究室を出てエントランスへ向かった。

正直なところ、今日はまともに仕事ができたとは言いがたい。室長に割り当てられた個室を出てラボへ行けば、風子《ふうこ》がいる。心穏やかに過ごせるわけがなかった。

どうやら風子の指導員には姫川《ひめかわ》がなったようだ。

彼が風子に付きっきりで貼りついていてくれたおかげで、その後風子に絡まれることなく終業時間を迎えられたことだけが、唯一の救いかもしれない。

その姫川は、藤生《ふじお》からメールで事情を聞かされていたらしく、「新人さんの事情を藤生代表より伺いました。僕が指導員になったからには、室長のお手を煩《わずら》わせることはしませんので、安心してください！」と社内メールを飛ばしてきた。

（社内メールでこんなこと送ってくるんじゃありません）

上司に閲覧されて困らないように言葉を選んでいるようではあったが、私用で使うのはいただけない。あとで注意しておくべきだろうかと思ったものの、今日ばかりはやめておいた。姫川の励《はげ》ましの気持ちも行動も、今はただひたすらありがたかったからだ。

風子に絡まれる前にと急いでエントランスを出ると、そこにはすでに黒塗りの高級車が待機していて、羽衣に気づくと一人でにドアが開いた。

中から顔を出したのは、藤生だ。

「羽衣、乗って」

「ありがとう！」

駆け寄って車に乗り込み、ドアが閉まる瞬間、背後から甲高《かんだか》い声が響いた。

「待って！　ねえ、逃げんな！　桐哉《きりや》に会わせてよ！　バカァ！」

言うまでもなく、風子だ。声に苛立《いらだ》ちが表れている。どうやら姫川に邪魔されて、羽衣に近づけなかったことに腹を立てていたらしい。

羽衣はゾッとして振り返ることもできなかったが、藤生は運転手に「出せ」と命じた後、背後を振り返って風子の様子を観察していた。

「うわぁ、追いかけてきてる。車に追いつけるわけないだろ……。あ、諦めた。良かった……。本当にヤバいな、あれ……」

「……やっぱりヤバい？」

「ヤバいよ。目ぇ見開いてるし、髪の毛振り乱してて、山姥《やまんば》かと思っちゃった」

「や、山姥って……ひどいこと言っちゃだめだよ」

羽衣が注意すると、藤生はフンと鼻を鳴らして肩をすくめた。

「ひどくないよ。芸術だよ。山姥、観たことない？　ほら、能の演目の」

そう言われて、羽衣の脳内で、高校生の時に古典美術鑑賞の授業で観た動画を思い出していた。あれは確か能の『山姥』という演目で、白いボサボサの髪をした鬼女《きじょ》が主人公だった。

確かに風子のブリーチされた金髪は、あの鬼女の白い髪を彷彿《ほうふつ》とさせる。

「な、なるほど……」

「大体、山姥扱いされて当然でしょ、あんな非常識な行動。公衆の面前で上司を大声で罵倒《ばとう》とか、論外。おまけに自社の経営者の名前を呼び捨てで叫《さけ》ぶなんて、常識外れもいいところだ。もし仮にアレが桐哉の『運命の番《つがい》』だったとしても、僕はおろか、うちの両親や爺《じい》様が許すとは思えないけどね」

辛辣《しんらつ》に切り捨てる藤生に、羽衣は苦く笑った。

「……そんなことないでしょ。『運命の番《つがい》』なんだもん」

実際にそれで、羽衣の母親は婚約破棄をしたし、藤生だってそうだ。

身近に二例もあるのに、桐哉だけが認められないわけがない。

羽衣の言外の指摘に気づいたのか、藤生が「ごめん」と小さく謝る。

それに小さく首を振って、羽衣はそっと腹に手を当てた。

(……今は、悲しんでる場合じゃない)

悲しみや嫉妬などといった感情に振り回されていたら、お腹の子どもを守れない。

(やれることをやるの、羽衣)

自分を叱咤《しった》して、羽衣はまっすぐに前を見た。

「桐哉は、もう帰っているの?」

「この時間だと、まだかな。大体いつも二十時過ぎるから」

「そっか、じゃあ作戦会議する時間はありそうかな」

今から藤生と向かうのは、羽衣が桐哉と住むマンションだ。

『桐哉に無視されている』という藤生の言葉は本当だったようで、なんと桐哉は兄にマンションの住所すら教えていなかったらしい。まさかそこまで徹底しているとは思わなかったし、勝手に連れて行ったら怒りそうだ。

(とはいえ、今は緊急事態だし……)

羽衣は風子のことを桐哉に話す時に、藤生も一緒にいてもらうことにした。

事情を知っている藤生ならば、羽衣が感情的になってしまっても、内容を正確に伝えてくれるだろう。

（それに、万が一、桐哉くんがお腹の子のために、私を監禁しようとしたら……藤生さんが助けてくれる）

『女神胎《めがみばら》』の子を得るためなら、王寺《おうじ》家は強硬手段を採ってもおかしくない。

籍は子どもが生まれるまで入れたままにして、生まれた後子どもを桐哉の籍に入れてから離婚すれば、羽衣が子どもを引き取るには裁判が必要となってくる。

この国では、両親が離婚した際、子どもの籍は戸籍の筆頭者の方に留《とど》まるからだ。

今の場合、戸籍筆頭者は桐哉である。籍を離れる方――羽衣が子どもを引き取りたい時は、家庭裁判所に「氏《うじ》の変更許可の申し立て」をして認められなければ、移動できない仕組みになっているのだ。

円満離婚の場合は問題なく認められることがほとんどだが、桐哉と羽衣のケースは当てはまらない。王寺家は絶対に子どもを渡そうとはしないだろう。

王寺家はそういう家だと、長年身を置いていた羽衣は知っているのだ。

桐哉が自分から子どもを取り上げるような人だとは思っていないが、彼は王寺家の次期当主だ。お腹の子を奪われないためには、桐哉とて完全には信用することはできない。

桐哉が力ずくで何かしようとしてきたら、当たり前だが羽衣に勝ち目はない。

そして桐哉に対抗できるほどのアルファといえば、藤生しか思いつかないのだ。この際、兄弟喧嘩《げんか》は忘れてもらうしかない。

(藤生さんは平気そうだし、大丈夫よね……？)

隣に座る藤生には、緊張感などまるでない。

「桐哉のマンションに行くの、僕、初めてなんだよね。楽しみだな～」

などとニコニコしているくらいだ。

(ほ、本当に、大丈夫かな……？)

そのリラックス具合に一抹《いちまつ》の不安を覚えていると、やがて車がマンションへと到着した。


マンションの部屋に入ると、予想どおり桐哉はまだ帰宅していなかった。

ひとまずはホッとして、羽衣は藤生をリビングへ通すことにする。

「ごめんなさい、藤生さん。私、話し合いが難航するようなら、一度ここを出ようと思ってるの。だから、自分の部屋ですぐに荷造りしたいから、いったんここで待っててもらってもいい？」

「え？　でもそしたら作戦会議できないよ」

「あ……そっか」

確かに、事前にちゃんと打ち合わせをしておいた方が安心できる。

「僕が羽衣の部屋に行ってもいいなら、そっちで作戦会議する？　荷造り、僕も手伝うよ」

「あ、そうだね。お願いしようかな」

先日荷解きを終えたばかりだというのに、また荷物を纏《まと》めないといけないと思うと情けないが、文句を言っても仕方ない。

羽衣は頷《うなず》いて藤生と共に自室へと向かった。

「羽衣、全部は無理だと思うから、当座のものだけトランクに詰めるのは？」

部屋に入るなり、藤生が言った。

そう言われると思った、と羽衣は苦笑する。

部屋の中にはまだ纏めていない段ボールが重なっていて、段ボールから出された物が無造作にポンポンと置かれている……つまり散らかっている状況だ。かろうじて衣類だけはクローゼットにしまい終えたが、その他の物の片付けがまだ手付かずだった。

「あはは、そうだよね……」

「これだけを全部一度には、業者に頼まないと無理でしょ……」

「確かに」

ここに運び込んだ時も、業者に依頼したのだから当然だろう。

「ひとまず、必要な物だけトランクに入れて。衣類なんかは後で買えばいいよ」

「……うん。そうする」

ここにあるのはお気に入りの物ばかりだが、背に腹は代えられない。手放すしかないだろう。羽衣は頷いて、クローゼットから一番大きいトランクを引っ張り出すと、必要な物をその中に詰め始めた。

「それで、羽衣はここを出た後どこへ行くつもり？　やっぱり小清水《こしみず》のご実家？　仕事は続けるの？」

藤生が訊《たず》ねながら、羽衣の隣に来てぬいぐるみを手渡してくれる。子どもの頃から持っているピンクのうさぎだから、これも必需品だと覚えていたのだろう。

羽衣は薄く笑いながら、頭の中で考えていたことを口にした。

「実家に行こうと思ってる。前のマンションは桐哉くんが契約解除しちゃったし、新しい所借りてもいいけど、赤ちゃんのことを考えたら人手がある実家がいいかなって。研究所は辞めたくないけど、まあ辞めることになるよね……」

さすがに自分の子どもを奪おうとしている家の会社にいるのはヤバい。

「うーん、まあ、確かにうちの会社じゃない方が安心だよね……。だったら小清水の実家じゃなく、誰も知らない場所に身を隠した方がいいかもしれないな。小清水家も大きいけれど、アルファの集団に襲撃されたら結構打撃を受けるんじゃない？」

難しい顔で言われて、羽衣は思わず「ヒッ」と悲鳴をあげてしまう。

「しゅ、襲撃……!? そんなことまで!?」

テロリストか。

「まあ、さすがに小清水家みたいな大きい家相手に滅多なことはしないと思いたいけど……基本的に、うちはならず者の集団だから……」

金と権力を持つならず者とか、無敵がすぎる。反省して更生してほしい、切実に。

恐ろしい発言に青ざめて慄《おのの》いていると、藤生はニコッと笑った。

「でも大丈夫。約束したとおり、僕が必ず君たちを守るから。安心して」

「……あ、ありがとう、藤生さん」

いつも明るく穏やかな藤尾は、滅多にシリアスな雰囲気《ふんいき》を見せないせいで、少々軽そうに見られがちだが、王寺家の次期当主だったアルファだ。その桁外《けたはず》れの優秀さは桐哉に引けを取らないし、彼は有言実行の人だ。きっと約束を守ってくれる。

「だから小清水の家じゃなくて、別の場所がいいんじゃないかって思って……。僕の別荘にしばらく身を隠す？ 伊豆《いず》にあるんだけど、今のところ誰も知らないはずだし」

「伊豆……」

行ったことのない場所だと少し不安を感じたが、箱入り娘として育った羽衣にとっては、行ったことのある場所の方が少ない。

ここは腹を括《くく》るべきだろう。

「うん。そうする。私、その藤生さんの別荘に行――」

「行かせると思うか、この俺が」

羽衣の言葉を遮《さえぎ》るように、唸《うな》るような低い声が響いた。

ギョッとして振り返ると、薄く開いた羽衣の部屋のドアを勢いよく開けて、桐哉が中に入ってくるところだった。

「き……」

桐哉くん、と名前を呼ぼうとした羽衣は、桐哉の眼力の鋭《するど》さに気圧《けお》されて、それ以上口にできなくなった。

桐哉はその身からゾッとするような殺気を放っていた。

彼の周辺から空気が重く凝《こご》っていくようにさえ感じ、羽衣は息苦しさに眉を寄せる。

まるで魔王のようだった。

その恐ろしさと圧に、羽衣の身体が本能的にすくんでガタガタと震え始める。

羽衣の怯《おび》えを察したのか、藤生が自分の背に庇《かば》うようにして立ち上がった。

「おい、桐哉、落ち着け」

「黙れ」

宥《たしな》めようとする声を撥《は》ねつけ、桐哉はその鋭い眼差《まなざ》しを藤生に向ける。

羽衣なら泣き出してしまいそうなほど恐ろしい表情だったが、さすがアルファというべきか、藤生は全く怯《ひる》んだ様子は見せなかった。

「よせ、羽衣が怯《おび》えているだろう」

「怯えて当然だろう。番《つがい》のアルファから逃げようとしているんだ。俺が怒らないとでも？」

「だから、なぜ逃げようとしているかを説明するから落ち着けと言ってるんだ」

「黙れと言っている！」

説得しようとする兄に、桐哉が激しい声色で一喝《いっかつ》する。

ビリビリと空気を震わせるような怒号に、羽衣は一瞬息を止めた。

「桐哉、いい加減にしろ」

「いい加減にするのはお前だろう。『運命の番《つがい》』だかなんだか知らんが、あんな覚悟も何もできていない中途半端なオメガを選んで羽衣を捨てた分際で、今度は俺から羽衣を奪おうとするだと？　今さら惜しくなったとは言わせないぞ、クソ野郎！」

以前の件がよほど腹に据《す》えかねていたのだろう。ここぞとばかりに姫川をあしざまに言う桐哉に、藤生のこめかみがピクリと引き攣《つ》る。自分の番《つがい》の悪口は聞き捨てならなかったのだろう。

それでも冷静さを保とうと努力しているのか、藤生は深々とため息をついた。

「……おい、何か勘違いしているみたいだけど、別に僕は羽衣とヨリを戻そうとかそういうつもりは一切ないぞ？　羽衣が一人では心細いと言うから——」

「黙れと言ったはずだ」

藤生の語尾に被せるように言って、桐哉がカッと目を見開く。次の瞬間、素早い動きでガッと藤生の喉を掴《つか》むと、それをギリギリと締め上げた。

「ぐっ……！」

藤生が苦しげに呻《うめ》き、首を掴まれている手を掴んでもぎ離そうと試みるが、ビクともしない。

桐哉はそんな兄を見開いたままの目で凝視すると、ゆっくりと言葉を発した。

「どんな理由があろうと、相手が誰であろうと、俺から羽衣を奪う奴は殺す」

苛烈《かれつ》なセリフだ。血の繋《つな》がった兄を殺すなんてとんでもなく恐ろしい発言で、怖がるべきだ。

頭ではそう思うのに、それを聞いた瞬間、羽衣の心の中に広がったのは歓喜だった。

（……桐哉くんは、私を、求めてくれているの？　本当に？）

それは番《つがい》になったからだろうか。そうかもしれない。アルファは番《つがい》になったオメガに執着するものだから。

だがその執着も、『運命の番《つがい》』に出会ってしまえば、一瞬で消え失せる。

（……分かってる。私は、『運命の番《つがい》』には勝てない……）

両親や藤生と姫川を見ているから分かる。『運命の番《つがい》』の引力には、何者も敵《かな》わない。父にとっての母のように、そして藤生にとっての姫川のように、見た瞬間に惹《ひ》かれ合い、互いになくてはならない存在。桐哉にとってのそんな存在に、自分もなりたかった。

（だって、私にとっての桐哉くんは、そうだから……）

恋して、焦《こ》がれて、切り捨てられた時には死にたいと思った。

それでもまたいつか会えるという希望があったから生きてこられた。嫌われてしまったけれど、もっと良い人間になる努力をすれば、見直してもらえるかもしれないと。たとえ彼の隣ではなくとも、傍《そば》にいたかった。

羽衣はこれまでの人生のほとんどを、桐哉のために生きてきたのだ。

（……それなのに、どうして私は、桐哉くんの『運命の番《つがい》』じゃないの……？）

少なくとも、羽衣にとっては、桐哉こそが『運命の番《つがい》』だ。

彼しか要《い》らない。

桐哉以外、欲しくない。

桐哉が恋しくて、離れたくなくて、でも離れなければいけない現実が苦しくて、羽衣は泣き出しながら言った。

「……っ、き、桐哉くんに……う、『運命の番《つがい》』が……現れたんだよ……」

言わなくてはいけない。

どんなに彼が好きでも、どんなに彼を離したくなくても。

（……それがっ、桐哉くんの幸せに、なるんだったら……！）

羽衣の咽《むせ》び泣きに、桐哉がピクリと反応し、掴んでいた藤生の首から手を離した。途端にゴホゴホと咳き込む藤生を無視して、桐哉がサッと羽衣の傍にしゃがみ込む。

「……なんだって？」

桐哉の声にはまだ凄《すご》みが残っていて、彼が怒りを燻《くすぶ》らせながらも、羽衣の話を聞こうとその激情を抑え込んでいるのが見てとれた。

だが羽衣はもう桐哉が怖くはなかった。

ただ目の前の自分の番《つがい》が愛しくて、この人と離れることが悲しくて、死んでしまいたい気持ちだった。

ヒッ、ヒッ、と小さく吃逆《しゃっくり》をあげながら、目からボロボロと涙が零《こぼ》れ落ちている状態でも、羽衣は桐哉から目を離さなかった。少しでも長く、彼の姿を目に焼きつけておきたかった。

「羽衣、俺の『運命の番《つがい》』とはどういうことだ？」

泣くばかりで答えようとしない羽衣に、背後から藤生がため息をつきながら説明する。

「……今泉《いまいずみ》風子。お前のロンドン留学時の知り合いのオメガだ。覚えてるか？」

風子の名前に、桐哉が怪訝《けげん》そうな表情になった。

「それは、もちろん覚えているが……確かランバート・プリンスに就職したんだったか？　この間話が出たところだ。それがどうしたっていうんだ？」

まだ藤生には怒りが燻っているのか、じろりと鋭い目線を送りつつも、先ほどとは違いちゃんと会話になっている。

そのことに安堵したのか、藤生は三度《みたび》ため息をついてから、詳しい事情を説明し始めた。

藤生が説明をしている間、羽衣はずっと俯《うつむ》いていた。

桐哉の変化を目の当たりにするのが怖かったのだ。

(……やっぱり、藤生さんに来てもらって良かった……。私一人だったら、きっと泣きじゃくってまともに説明なんかできなかった……)

そんな自分が、幼い頃と何も変わっていないのだなと情けなく思う。

やがて藤生が説明を終えると、羽衣の心臓がギュッと音を立てた。

——判決の時だ。

強く目を瞑《つむ》った羽衣の耳に入ってきたのは、桐哉の不機嫌そうな一言だった。

「俺の『運命の番《つがい》』は羽衣だが？」

「えっ」

あまりにも予想外の発言に、羽衣は思わずバチッと瞼《まぶた》を開き、桐哉の顔を凝視してしまった。隣では藤生もあんぐりと口を開いている。

「え……えぇ？」

「はぁ？」

頭の中で今の桐哉の発言を何度反芻《はんすう》して検証しても、「え？」しか出てこない。同じく「はぁ？」と言った後でもう一度「はぁ？」と繰り返している藤生も同じ意見のようだ。額に手を当てて考え込んだ後、「やっぱり分からん」と顔を上げて弟を見る。

「待ってくれ。え？　お前、と、羽衣が、『運命の番《つがい》』？　そ、そうだったの……？」

訊ねるような視線を向けられて、羽衣はブンブンと頭を横に振った。もしそうだったら、こんなに悩んで泣いていない。

「あの、羽衣はこう言ってるけど……？」

恐る恐るといったように首を傾《かし》げる藤生に、桐哉がフンと鼻で笑ってみせた。

「俺がそう決めたんだ」

「は？　いや、は？　いやいやいや、お前何言ってるんだ？」

盛大に困惑した様子の藤生だったが、羽衣も全く同じ状態だった。

桐哉は一体何を言い出したのだろうか。

「あの、『運命の番《つがい》』ってお前が勝手に決められるようなものじゃないだろ……？」

至極当たり前のことを諭《さと》すように言った藤生に、桐哉が大きく眉を上げる。

「なぜだ？」

「いやなぜって……」

藤生が返事に窮《きゅう》すると、桐哉は質問を変えた。

「じゃあなぜ兄さんは姫川が『運命の番《つがい》』だって分かったんだ？」

「え？　そりゃ、僕と出会った瞬間に姫が発情期《ヒート》を起こしたし、そうだな、……一目見た瞬間、あの子だって分かったんだ」

「俺もだ」

「え？」

「俺も、羽衣を初めて見た瞬間、この子は俺のものだと思った。そして、俺はこの子のものだと分かった」

桐哉は言いながら、羽衣の顔を両手で包み込む。

大きな手は温かく、少し乾いていた。

桐哉はまだ湿った羽衣の頬を拭《ぬぐ》うようにして顔を擦ると、フッと懐かしそうに微笑《ほほえ》む。

その笑顔が優しくて、羽衣は胸がいっぱいになった。

昔と同じ、大好きなきーちゃんの笑顔だ。

「いや、だって、お前たちが初めて会った時って、羽衣はまだ乳飲《ちの》み子だっただろう……？」

見つめ合う二人の傍で、藤生が呆然と呟《つぶや》いている。

「そう、その時だよ。赤ん坊だった羽衣を見つめていたら、まだ見えないはずの羽衣の目が俺を見た。その時、不思議な繋《つな》がりのようなものを感じたんだ。何か分からないけれど、その後も羽衣が自分のものだという感覚はずっと抜けなかった。今思えば、あれはお互いに『運命の番《つがい》』だと認識した瞬間だったんだ。お互いに幼すぎたから『発情期《ヒート》』も自覚もなく終わってしまったけれど」

そう説明する桐哉の顔を羽衣はずっと夢見心地で見つめていた。

桐哉が自分を『運命の番《つがい》』だと言ってくれた。本当にそうなのだろうか。

会った瞬間に発情期《ヒート》を起こしていないし、桐哉には『運命の番《つがい》』の新しい定説である『遺伝子的相性が百パーセント』の相手はすでに他に存在する。

それに、『運命の番《つがい》』だというなら、なぜ羽衣を捨てて外国へ行ってしまったのか。『運命の番《つがい》』は、離れ離れでは生きていけないものなのではないか。

桐哉の言っていることは矛盾だらけで、正しいわけがない。

桐哉はきっと、本当の『運命の番《つがい》』である風子を見れば、心変わりをするだろう。そして羽衣への興味を失い、子どもを取られてしまうに違いない。

だから早く彼から逃げなければ――。

(……分かってる。そんなこと、全部嫌と言うほど考えて、分かってる……)

でも、と羽衣は目を閉じた。

こうしなければいけない。ああしなくては後悔する。

そんな理屈ばかり捏《こ》ねくり回すのは、本当はそうしたくない気持ちの表れだ。

(本当は、私、桐哉くんの傍にいたい。……ううん。傍にいるだけじゃ、もう嫌だ)

嫌われて、捨てられたと思っていた。

彼は自分と仕方なく結婚したのだと思っていた。

だから、傍にいさせてくれるだけでいいと思っていたけれど、それは本当の願いを誤魔化してきただけだ。

「愛してる、桐哉くん」

羽衣は微笑みながら、ずっと言いたかった気持ちを吐《は》き出した。

自分はずっと、彼を愛したかった。

桐哉に愛されたかったのだ。

思えば、生まれて初めての愛の告白だ。

幼い頃は自覚がなかったし、再会してからは、無理やり結婚させられた桐哉にそんなことを言えば、きっと負担になると思って言えなかった。

羽衣の告白に、桐哉が目を見張った。そしてすぐに笑った。牡丹《ぼたん》の花が綻《ほころ》ぶ時のような、艶《あで》やかな微笑みだった。

「俺も愛している。お前が生まれてきた時からずっと、これからも永遠に、お前だけを愛し続ける」

その言葉に、羽衣は声をあげて泣いた。

想いに想いを返されることが、これほど嬉《うれ》しいことだったなんて、知らなかった。

愛しているという言葉が、これほど幸せだなんて、ずっと知らなかった。

ずっと諦めなくてはいけない恋を抱えて、切なくて、苦しかった。

全ての感情がごちゃ混ぜになって泣きじゃくる羽衣を、桐哉が優しく抱き締めたのだった。

＊＊＊

どのくらい時間が経ったのだろうか。

桐哉は時計を確認しようとしたが、サッと見回したが見当たらなかった。どうやらこの部屋には置いていないらしい。

（……羽衣が泣き初めてから一時間ほどか？）

自分の腕時計を確認しようと手を動かすと、腕の中にいた羽衣がもぞりと身動《みじろ》ぎをした。

「ん……」

「すまない。起こしたか？」

「ん～……」

羽衣はまだ眠たそうにしながらも、薄く目を開く。

「……あれ、私、眠って……？」

「ああ。兄さんはもう帰ったよ」

一連の騒動の後、抱き合う弟夫婦を見て、自分はもう用無しだと判断したのだろう。藤生は桐哉に手で合図してそっと帰っていった。

「……ん……」

羽衣はまだ寝ぼけているのか、ぼんやりとしたまま、また目を閉じてしまいそうだ。

想いを告げ合った後、取り縋《すが》るように抱きついてきた羽衣を、桐哉は胡座《あぐら》をかいた脚の上に乗せて抱えていたのだが、泣き疲れたのか羽衣はそのままウトウトと眠ってしまったのだ。

（……よほど心労が大きかったのだろう）

初対面のオメガからとんでもない難癖をつけられたのだから、精神的に消耗しても仕方ない。自分の番《つがい》である桐哉に『運命の番《つがい》』がいるのだと言われれば、羽衣が悩むのは当たり前だ。自分の両親や藤生がそうであることから、『運命の番《つがい》』は何も太刀《たち》打ちできない絆《きずな》で結ばれた者同士だと、羽衣の記憶に刻みつけられている。だから桐哉に捨てられるかもしれないと、相当に苦悩したのだろう。

（その結果、兄さんの力を借りて俺から逃げるという選択をしたのは、許しがたいが……）

だが結局、彼女はまだこの腕の中にいる。

だからそれに免じて、逃げようとしたことは不問にすることにした。

それよりも許しがたいのは、最愛の番《つがい》にこんなひどいことをしでかした相手である。

（今泉風子か……）

桐哉は忌々《いまいま》しく思いながらその記憶を引きずり出した。

その少女は、確かに記憶に残るオメガではあった。

大学時代、二人一組でやらなければいけない課題を出された時に、ペアになった同級生の妹だった。オメガというだけあって整った容貌をしてたが、周囲に最高峰の美形ばかりが揃《そろ》う環境で育った桐哉にしてみれば、凡庸《ぼんよう》だという印象だった。とはいえ、たとえ風子が絶世の美少女だったとしても、桐哉の興味は引かなかっただろう。

桐哉にとって、美しいとか、きれいだとか、可愛いだとかと感じる存在は、羽衣しかいないからだ。

羽衣ほど美しい生き物を、桐哉は見たことがない。その漆黒の髪、抜けるように白い肌、透き通るような瞳、愛らしい唇、仔鹿《こじか》のようにしなやかな手脚――彼女を形作る全てが、美しく、愛らしく、完璧だ。

それに外見だけではない。羽衣は純粋でいながら、強《したた》かだ。柔《じゅう》と剛《ごう》、清《せい》と濁《だく》を併せ持ち、アンバランスに見えて、完全に整っている。その絶妙さが、桐哉の心を掴んで離さないのだ。

自分にとっての唯一無二――それが羽衣だ。その認識は昔から一度もブレたことはない。

だから羽衣と離れて外国に行った後、どんなオメガが寄って来ようとも、桐哉の中のアルファが反応したことは一度もなかった。

風子も同じだ。向こうはアルファの桐哉を一目見るなり喜色を示し、分かりやすく擦り寄ってきたが、それに桐哉が反応したことはない。

桐哉は自分に擦り寄ろうとする人間が嫌いだ。王寺家のアルファとして生まれついたおかげで、そういう輩《やから》は飽《あ》きるほどに見てきたし、桐哉はそれらを蹴散《けち》らしてきた。

だがそういう意味では、確かに風子は違う態度を取っていたかもしれない。

出会った当時、風子は十五歳だった。子どもでしかなかったし、オメガは発育が遅いので見た目は十歳くらいにしか見えなかった。桐哉は子どもに冷たく当たるほど、余裕のない人間ではない。

（……それに、あれは少しだけ、羽衣に似ていた）

艶《つや》のある黒髪を顎のラインで揃《そろ》えた髪型と、子ども特有の無邪気《むじゃき》さで自分を恐れずに懐いてくる様子が、羽衣を彷彿とさせたのだ。

もちろん、羽衣に代わる者など存在しない。比べるべくもない。

だが当時の桐哉は何年も羽衣に会えず、羽衣に飢《う》えていた。

ほんの少しでも彼女を感じられるオメガに、他とは違う態度を取ってしまっていたかもしれない。

（その結果が、これだとは、な……）

過去の自分を蹴り飛ばしたくなる。

あの時不用意に優しい態度を取ってしまったがために、風子を勘違いさせてしまった……あるいは、のぼせ上がらせたということなのだろう。

（それにしても、俺の『運命の番《つがい》』だと？　笑わせてくれる）

何が『遺伝子的相性』だ。そんな屁理屈《へりくつ》で、自分のこの異常なまでの羽衣への執着に対抗できると、本当に思っているのだろうか。

（思っているなら面白い。叩《たた》き潰してやろう）

唾を吐《は》きかけてやりたい気持ちになりながら、桐哉は頭の中で今泉風子への報復の方法を捏《こ》ねくり回し始める。どれほどの理由があろうが関係ない。自分の愛しい番《つがい》を苦しめた相手は、社会的に経済的に精神的に、死ぬほど苦しい思いをさせてやらねば気が済まない。

（……だが、あの調子なら、兄がすでに手を回していそうだな……）

兄は非常に優秀なアルファだ。先ほどの会話で、桐哉が自称『運命の番《つがい》』ではなく羽衣を選ぶことを理解しただろうから、今泉風子がこれ以上桐哉や羽衣に接触できないように手配しているに違いない。自分が逆の立場なら、間違いなくそうしている。

『運命の番《つがい》』という話は、おそらく論理としては矛盾がないのだろう。不当に手に入れたとかいう桐哉のＤＮＡ検体サンプルが本物だったかどうかは分からないが、遺伝子的相性が百パーセントだとかいう話が本当だったとしても、桐哉には風子が自分の『運命の番《つがい》』ではない自信があった。

なぜなら、桐哉が羽衣を愛しているからだ。

羽衣が生まれてからずっと、彼女を愛してきた。彼女以外要《い》らない。彼女だけが、桐哉にとっての幸福だった。

これが『運命の番《つがい》』への気持ちでなくてなんなのか。

少なくとも、桐哉にとっての『運命の番《つがい》』は羽衣だ。桐哉自身がそう決めた。理屈など知ったことか。筋金入りのこの執着と粘度の高い愛情が、遺伝子の相性なんぞという屁理屈に負けるわけがない。

ちゃんちゃらおかしい。

（……そういえば、俺の羽衣にずいぶんなセリフを吐いてくれたらしいな。それほど自信があるなら、会ってやってみてもいい）

そして完膚なきまでにその屁理屈を否定して、お前などゴミほどの興味もないと切り捨ててやれば、この腹立ちも少しは癒《い》えるかもしれない。

そんな幼稚なことを考えていると、腕の中で羽衣がとろりと瞼《まぶた》を開いた。

「起きられそうか？」

「……きーちゃん……？」

まだ夢を見ているのか、懐かしい呼び名で呼ばれて、桐哉はフッと微笑んだ。

（その呼び名で呼ばれる方が好きだと言ったら、お前は笑うだろうか）

「……ああ、そうだよ。おはよう、羽衣」

そう答えると、羽衣はふにゃりと顔を歪《ゆが》ませて、涙で瞳を潤《うる》ませる。

「きーちゃん……良かったぁ……。また羽衣を置いていっちゃったかと思った……」

その涙声に、桐哉の胸が詰まった。

十五歳の時、これ以上羽衣の傍にいれば襲いかかってしまうと確信して、外国に逃げた。羽衣は兄の番《つがい》になるオメガだと思っていたから、諦めるしかないのだと思い詰めたのだ。

(子どもだったんだ。兄にも、家にも逆らって勝つ自信もなかった)

羽衣の手を離したくなかった。ずっと握っていたかった。

「……あの時は、ごめんな、羽衣。俺が弱かったんだ。もう絶対に離さないから、許してくれ」

ひどいことを言った気がする。そういえば、羽衣が諦めてくれると思ったのだ。

桐哉の言葉に、羽衣が目を丸くした。その瞬間に、透明な宝石のような涙が、ころりと目から零《こぼ》れ落ちた。

「……本当に？　もう、置いていかない？」

「いかない。お前が死ぬまで……死んでも、傍にいる。愛しているよ、羽衣」

約束すると、羽衣がふわりと笑った。

天使のように美しく、愛らしい微笑みだった。

「……嬉しい。私も、愛してる」

(嬉しい。俺も、嬉しい)

お前を愛せることも。お前に愛されることも。

嬉しくて嬉しくて、飴《あめ》のように溶けてしまいそうだ。

甘い幸福に満たされながら、桐哉はうっとりと自分の番《つがい》を見つめながら、その小さな果実のような唇にキスをした。

終章　唯一無二

風子《ふうこ》はドキドキしながら、豪華なソファに座って待っていた。

（さ、さすが世界の王寺《おうじ》グループの家……何もかもがゴージャスだわ！）

風子はようやく桐哉《きりや》に会わせてもらえることになり、王寺家の本家だという豪邸に招き入れられたのだ。イギリスの貴族のようにお城や広大な敷地があるわけではなさそうだったが、国土面積の狭い日本だから仕方ないのかもしれない。

（お金があるには違いないんだから、別に構わないわ！　それにしても、今から私もセレブの仲間入りだわ！）

風子は両親がベータで、貧しくはないけれど金持ちでもない、一般的な中流階級の家の子どもだ。ベータの両親から、なぜかアルファである兄とオメガである自分が生まれたのだが、これは非常に珍しい例らしい。

兄はアルファであっただけに非常に優秀だったが、大学を卒業し就職した企業で、同僚のベータに対してモラルハラスメントをしたことでクビになっていた。

兄はアルファであることに自尊心を持っていて、同じアルファに対しては非常に友好的なのだが、ベータやオメガを見下していたから、そうなるのは必然だったかもしれない。清原《きよはら》という例外もいたが、もしかしたら何か弱味でも握られていたのでは、と風子は疑っていた。なにしろ、オメガである風子にも、いつも差別的な言葉を吐《は》きかけてくる人だ。

兄は大学時代の同級生だった王寺桐哉を、異常なまでに褒《ほ》め称えていた。

『あれこそがアルファの頂点に立つ者だ！』

よくそう語っていたことを思い出す。兄は桐哉を崇拝していて、その友人であることを誇《ほこ》りに思っているのだ。

桐哉のことは、一目見た時から好きだと思った。

桐哉もまた、自分のことを特別だと思っているようだった。なぜなら誰に対しても冷たい彼が、自分に対してだけは少し優しかったからだ。

（……ふふ、私が王寺桐哉の『運命の番《つがい》』だって言った時の、雪彦《ゆきひこ》の顔ったら……！）

狂喜乱舞して、風子のことを桐哉のように褒め称え始めたのだ。

あれは気持ち良かった。

（これからあれがずっと続くのよね。雪彦だけじゃない。周りの人間みんな、私を崇拝するようになる……！　ああ、早く桐哉が現れてくれないかな？　あ、でもそしたら私、発情期《ヒート》起こしちゃうのよね？　やだ、こんな応接室で盛っちゃうことになるのかな？　ちょっと恥ずかしい……）

そんなことを考えて、一人で赤くなっていると、ノックもなしにいきなりドアが開いた。

「ちょ――」

失礼な、と思った風子は、ドアから現れた人物を見て息を呑《の》んだ。

逞《たくま》しい体軀《たいく》、精悍《せいかん》な美貌――雑誌やネットの記事で何度も確認していた、桐哉が立っていた。

「き、桐哉……！」

歓喜に頰を緩める風子に対し、桐哉は彼女をサッと一瞥《いちべつ》した後、不愉快そうに眉根を寄せ、仕方なさそうに風子の向かいのソファに腰掛ける。

「え……あの……」

思っていたのと違う反応に、風子は呆気《あっけ》に取られて言葉を失った。

（あれ？　私たち、『運命の番《つがい》』なんじゃ……？）

状況が理解できず、おろおろと持ってきていた資料を手に掴《つか》む。

桐哉はそんな風子をうんざりした目で見た後、ため息と共に言った。

「それで？　お前が俺の『運命の番《つがい》』だって？」

「あっ！　そう、そうよ！　私とあなたの遺伝子的相性は、百パーセントなの！　これが資料よ！　あなたの髪の毛と、唾液のＤＮＡ検体サンプルが……」

風子は焦《あせ》って持っていた資料を桐哉に突き出した。彼の冷たい態度に納得がいかない。なぜ『運命の番《つがい》』相手にこんな態度を取るのだろうか？　愛情の裏返しなのだろうか。だとしたらずいぶんと捻《ひね》くれている。

「違法行為だな」

「え……」

「俺の髪の毛と唾液をどうやって入手した？　俺はお前にそれを渡した覚えは一度もない。ならば違法入手したということだろう。訴えられる覚悟があって、これはその証拠ということだな。わざわざどうも」

とりつく島もない桐哉の口調に、風子はすっかり動揺してしまう。

「ちょ、だって、私はあなたの『運命の番《つがい》』なんだから！　そんな小さなことを……」

そこまで言って、風子はサッと青ざめる。

そうだ。『運命の番《つがい》』だから、会えば分かると確信していた。それなのに、今自分は桐哉を前にしても発情期《ヒート》を起こしていないし、「確信」と呼べる特別な感情を抱いていない。

「お前が俺の『運命の番《つがい》』？　どこがだ？　お前は俺に発情期《ヒート》を起こしていないし、俺はお前を見ても不快感と嫌悪感以外何も感じないが？」

畳み掛けるような桐哉のセリフに、風子はガタガタと身体が震え出すのを感じていた。

「あ……」

目の前のアルファが醸し出す雰囲気《オーラ》が、ただ不愉快そうなものから、威圧感のあるものに変わっている。その漆黒の目は、今にもこちらに飛び掛からんとする猛獣《もうじゅう》のように、こちらを睨《にら》み下ろしていた。

「これは俺が特別な例外なのか、お前の論文に破綻があるのかは分からんが、ともあれ、今俺はお前の違法行為に非常に不愉快さを感じている。あまつさえ、俺の番《つがい》に対して相当な暴言を吐《は》いたようだな？　俺が許すと思っていたのか？」

桐哉が手を上げて合図をすると、ドアから数名の屈強な男たちが現れて、風子を取り囲んだ。

「ひっ……何？　なんなの!?」

「連れて行け。尋問は藤生《ふじお》が指揮を執る」

「は」

キビキビとした動きで自分の腕を掴む男たちに、風子は叫《さけ》んだ。

「いやよ！　触らないで！　私は王寺桐哉の『運命の番《つがい》』よ！　そのはずなのよ！　だって遺伝子的には……！」

大声で喚《わめ》いていると、桐哉が面倒臭そうに片手を振って言った。

「やかましい。黙らせろ」

「は」

その瞬間、首に重い衝撃を受け、風子の意識は暗転した。


「あらまあ、大騒ぎだったわねぇ！　面白かったわぁ！」

今泉風子が連れ出された応接室に、ゆったりとした仕草で入ってきたのは、絶世の美女——小清水《こしみず》家当主、羽衣《うい》の母親だった。

今回の出来事を報告した時、小清水家の当主として、その『運命の番《つがい》』への桐哉の対応を見届けたいと申し出があったのだ。そのため、今日は別室で応接室に設置したカメラで、風子とのやり取りを一部始終監視していたというわけだ。

小清水家としても、一度ならず二度までも、『運命の番《つがい》』が理由で娘の縁談を壊されては堪《たま》らないだろうから、当然と言えば当然の要求だ。

（……とはいえ、この人の場合、家の尊厳を守るためとかではなく、興味本位のような……）

その小清水家当主様は、今日は淡いベージュの訪問着を着て長い髪を結い上げている。下手をすれば羽衣と同年代に見える若々しい姿に、相変わらず化け物だなと桐哉は思った。

「ご当主」

「ホホ、あらぁ、夜月《よづき》さん、でいいわよぉ」

「いや、ご夫君に殺されますので……」

「まあ、いくらあの人でも、婿殿《むこどの》にそんなことしないわよ」

いや、絶対する。子どもの頃から知っているだけに、娘婿であろうとあのアルファが容赦するなんてことは、絶対にないと断言できる。

「ま、あの人のことは置いておいて。……この『遺伝子的相性が百パーセント』って話、多分間違いじゃないわよぉ？　あなた、あの子を見てなんにも感じなかったの？」

羽衣の母親からそんなことを訊《き》かれ、桐哉の方が面食らってしまう。

「先ほどのことを見ていらしたのでは？　あれが真実ですよ。遺伝子的相性云々《うんぬん》はどうでもいい。俺にとって『運命の番《つがい》』は、羽衣一人です」

キッパリとそう告げると、夜月はにいっと目尻を下げた。

「ふふふ、そう。じゃあ、やっぱりあの子、小清水の血が濃いのねぇ……」

何か含みのある物言いに、桐哉は眉根を寄せる。

「ご当主。何かご存じなのですか？」

「ふふ、小清水家のオメガがなぜ『女神胎《めがみばら》』と呼ばれるか知っている？」

「え、なぜって……優秀なアルファを産むからでは？」

「それだけなら、わざわざ『女神』なんてたいそうな名前でなくてもいいでしょう？　それこそ『アルファ胎《ばら》』とかね」

「いや、まあ、そうですが……」

会話の意図が掴めず、桐哉は困惑して首を傾げた。

「これはうちにしか伝わっていない昔話なんだけど。小清水家の祖先は、女神だったそうなのよ。その女神は、父である大神に兄との結婚を強要されて、それを拒《こば》んで死んだのよ。可哀想でしょう？　娘の死を悼《いた》んだ母神が、娘を清らかな泉に祀《まつ》ったそうよ。するとその泉の中に、美しい赤子《あかご》が現れたのですって。それが小清水の初代当主。だから小清水から生まれた娘は、結婚相手を自ら選ぶと言われている」

姑が滔々《とうとう》と語る昔話に、桐哉はますます首を捻《ひね》る。この話の終着点が分からない。

その家に伝わる昔話みたいなものは、王寺家にもある。だがそれはあくまで伝承、御伽話《おとぎばなし》のようなものだ。

だが、次の夜月の言葉で目を見開く。

「私も選んだのよ、自分の番《つがい》を。婚約者だったアルファは傲慢《ごうまん》な男でね。気に食わなかったから、別のアルファを『運命の番《つがい》』にしたの」

「え？　待ってください。つまり、小清水家のオメガには、好きなアルファを選んで『運命の番《つがい》』にできるってことですか⁉」

あまりに内容がぶっ飛んでいる。そんな魔術のようなことが実際にあるのだろうか。

だが夜月は軽く肩をすくめた。

「できる子とそうでない子がいるみたいだけどね。私はできたけれど、私のきょうだいたちはできなかったから。羽衣の場合は……そうね、多分、あなたたちが出会った時……羽衣が乳飲《ちの》み子の時に、本能的にあなたを『運命の番《つがい》』にしちゃったんでしょうね。だから羽衣本人も、あなたを『運命の番《つがい》』だって認識できていなかったんじゃないかしら」

そう言われると、納得できる。

確かに初めて羽衣に会った時、不思議な感覚になったのを今でも覚えている。

あれは『運命の番《つがい》』にされた瞬間だったのだ。

「そんな……じゃあ、俺たちは今までなんて遠回りを……」

「あらま！　これを聞いて出てくる感想がそれなら、心配いらないわね！」

「心配？」

何を心配されていたのだろうか。

怪訝《けげん》な顔をしていると、夜月が笑う。

「あなたみたいな強いアルファは、オメガに勝手に『運命の番《つがい》』にされたら怒るんじゃないかって思ったんだけど、大丈夫みたいね？」

「なんだ、そんなこと」

クッと桐哉は喉を鳴らす。

羽衣が自分を選んでくれたことを、喜びこそするが、怒るわけがない。

「帰ったら、褒《ほ》めてあげようと思います。俺を選ぶなんて、君は目が高かったなって」

そう答えると、夜月は弾《はじ》けるように笑ったのだった。

＊＊＊

甘ったるい嬌声《きょうせい》が、寝室の高い天井に響く。

「あっ……きーちゃっ、それ、だめぇっ……！」

過ぎた愉悦に、羽衣は涙声で哀願した。

両方の胸の尖《とが》りを捏《こ》ねられながら首に歯を当てられると、快感がゾクゾクと電流のように身体の中を暴れ回って、羽衣はどうしていいか分からなくなる。

「だめじゃない。気持ちがいいだろう？」

やめてほしいとお願いしているのに、桐哉は全く聞いてくれる気配もない。どこか嬉《うれ》しそうに言って、乳首を弄《いじ》っていた手を下ろし脚の付け根へと移動させた。

「ぁっ、そこ、触っちゃ……！」

「もう濡《ぬ》れてるな。良い子だ」

通常なら恥ずかしいと思っただろうそのセリフも、快楽に酩酊《めいてい》する羽衣はただ嬉しかった。

ふわりと笑って、愉悦の涙の滲《にじ》む目で桐哉を見つめる。

「……イイコ？　わたし、イイコ？」

そう訊《たず》ねると、桐哉は一瞬息を呑むようにして黙り込んだが、やがて意地悪そうに微笑《ほほえ》んだ。

「良い子だ。良い子で、きれいだ。俺の一番大切な子だよ」

懐かしいフレーズに、羽衣の胸に歓喜が広がる。

よく似た言葉を、昔、彼からたくさんもらった。

『羽衣はきれい。一番きれいだよ。一番きれいで、僕の一番好きな子』

桐哉にそう言ってもらうのが嬉しくて、羽衣は何度も「ういちゃん、きーちゃんのいっちばんだもんね？」と確認したものだ。

「……うれしい……」

「そうか」

感極まって、嬉し涙がこめかみを伝う。

桐哉はそれを不思議そうにしながらも、唇でその涙を吸い取ってくれた。

「すごいな、まだ触ってもいないのに、こんなにぬるぬるだ」

桐哉が低く囁《ささや》きながら、羽衣の泥濘《ぬかるみ》に指を挿《さ》し入れた。

つぷり、と異物が自分の内側に入り込む感触に、羽衣は眉根を寄せる。違和感としか思えない感覚だったが、それが桐哉の指だと思うと愛しいと思えてくるから不思議だ。

「すごいな。もう膣内《ナカ》が柔らかく綻《ほころ》んでいる……。二本目もあっという間に呑み込んだ。……ほら、ここを押されるのが好きだろう？」

腹の内側をギュッと押されて、羽衣は「きゃぅっ」と悲鳴をあげた。そこを押されると、尿意に似た疼《うず》きが下腹部に溜まって、堪らない気持ちになるのだ。

「あと、ここも」

桐哉は数えるように言って、もう片方の手で蜜口の上にある肉芽を指の腹で撫《な》でる。

「ひぁっ、ああっ……だめっ、それだめ、気持ちいいからぁっ……！」

強烈な快感に羽衣は身を捩《よじ》って悶《もだ》えた。陰核を触られると、あっという間に上り詰めて果ててしまうのだ。何度も何度も絶頂させられると、最後の方は意識を飛ばしてしまうことも多い。

「気持ちいいよな、知ってるよ」

桐哉は意地悪く言って、優しく陰核を弄りながら、羽衣の蜜筒をかき回し続ける。

「羽衣の膣内は狭いからな……よく解しておかないと」

そう呟《つぶや》く彼の一物が、すでに硬くなっていることは、お尻に当たる熱い塊《かたまり》で分かった。

大柄な桐哉のそれは体格に見合った大きさだ。つまり、人一倍大きい。小柄な羽衣が彼を受け入れるには準備を入念にしなくてはいけないらしい。

(ああ……でも、もう、欲しいのに……!)

羽衣は身体の中で渦《うず》を巻いている快楽の奔流に、身悶えしながら荒く息を吐《は》いた。

「き、きー、ちゃ……おねが……! 私、もう、ほ、んぅ」

もう挿《い》れてほしい、と言外に強請《ねだ》ったが、キスで口を塞《ふさ》がれてしまう。

背後からのキスだから、首が痛い。でも、桐哉の舌が入り込んできて、それが甘くて嬉しくて、必死に受け入れた。桐哉がくれるものはなんだって嬉しい。キスも、愛撫も、眼差《まなざ》し一つだって、胸が高鳴る。

(きーちゃん、好き……好き、大好き……)

桐哉に触れてもらえる……抱かれていることが、嬉しくて堪らない。

幸せすぎて、時々これが夢なのではないかと怖くなるくらいだ。

桐哉に切り捨てられた時のこと、そして風子が現れた時のことを思い出すと。今でも心臓が軋《きし》む。彼なしで生きていこうなんて、どうして思えたのか。

だが、桐哉は戻って来てくれたし、風子――『運命の番《つがい》』ではなく、羽衣を選んでくれた。

『俺の「運命の番《つがい》」は羽衣だが？』

桐哉がそうキッパリと言うのを聞いた時、最初は信じていなかった。風子の話には信じるに足る信憑性《しんぴょう》があったからだ。桐哉は優しいから、自分を悲しませないように嘘《うそ》を言っているのだと。

だが後から「小清水家のオメガには、自分の番《つがい》を選ぶ特殊な能力がある」という話を聞いて仰天《ぎょうてん》した。桐哉と出会った乳飲み子の時に、羽衣はその能力を使って桐哉を自分の『運命の番《つがい》』に選んでいたのだと。

当然だが全く記憶になかった羽衣は驚いたし、自分の実家なのにその伝承は初めて聞いた。なぜ教えてくれなかったのだと訴えれば、母は「これは小清水家の当主になるオメガにしか伝えない昔話なんだけど、羽衣ちゃんは当事者だから教えておくわね」と肩をすくめた。

（私が、桐哉くんを『運命の番《つがい》』に選んでいた……）

生まれたばかりの頃に、まだろくに目も見えてない状況で、桐哉を見た瞬間に彼を自分の番《つがい》にしていたなんて。

驚くよりも、納得してしまった。羽衣はずっと桐哉に恋い焦《こ》がれて生きてきた。彼が自分の『運命の番《つがい》』じゃない現実を受け入れられなくて、苦しくて辛《つら》くて、葛藤する毎日だった。それは現実の方が間違っていたからだったのだ。

ずっと見つからなかったパズルのピースが、ようやく見つかったような気持ちだった。

桐哉にそう言うと、彼も同じだと笑った。

『ずっと、求め合ってきたのにな。本当に遠回りをしてしまった』

(ああ……そうだね、なんて遠回りをしてきたんだろう、私たち)

ただ自分の願いに従えば良かったのに。

これまでの切なさや苦しさを思えば、後悔は山のように出てくる。

だが、今こうして彼が傍《そば》にいてくれて、羽衣の愛を受け入れてくれている。

そして、彼からも愛を返してくれている。

それだけで、もう全部報われた。この幸せのための布石だったのだと思えば、後悔なんて忘れてしまえる。

「きーちゃん、お願い……もう、挿れて……！　きーちゃんと、一つになりたいよ……！」

桐哉の手技で二度ほど絶頂させられた後、羽衣は切なくて泣きながら強請る。

涙目の哀願に、桐哉が歪《ゆが》んだ笑みを浮かべて覆《おお》い被さってきた。

彼のその表情を見て、羽衣は嬉しくて目を細めた。これは、桐哉が余裕のない時に浮かべる微笑みだ。彼もまた、余裕がなくなるほど自分を欲してくれているのだと思うと、胸が歓喜に膨《ふく》らんだ。

「お強請りが、ずいぶん上手になった」

桐哉が言いながら、先ほどの絶頂で愛蜜をこぼして戦慄《わなな》く割れ目に、己《おのれ》の熱杭を当てがった。

熱くて硬いものの感触に、羽衣の身体が期待に震えるのを感じる。

(欲しい……早く、彼を)

「いくぞ」

言うなり、桐哉がずぶりと一突きで膣内《ナカ》に押し入った。

「ん、ぁああっ！」

太く硬いものに自分の虚《うつ》ろが満たされる瞬間に、羽衣は悦《よろこ》びの悲鳴をあげる。

自分の内側が彼を歓待して収斂《しゅうれん》しているのが分かった。見えないのに桐哉のものの形がはっきりと分かるくらいだ。

(気持ちいい……)

快感に、身体中から汗が噴き出した。

桐哉と繋《つな》がっている間は、彼と一つに溶け合っているような錯覚に陥《おちい》る。

桐哉と自分、アルファとオメガ、男と女——その境目がなく、一番深いところで繋がり合えてるのが、どうしようもなく幸せだった。

繋がった後、しばらくそのまま抱き合っていた桐哉が、不意に羽衣の平らな腹をそっと手で撫でた。

「……ここにいるんだな。不思議だ」

羽衣のお腹を撫でる時、桐哉はいつも少年のような表情になる。きっと、まだ実感が湧かないのだろう。産む側《がわ》じゃない方はそんなものかもしれない。

「いるよ。可愛がって、ちゃんとお世話もしてね、パパ」

羽衣が言うと、桐哉は不敵《ふてき》に笑った。

「もちろん。任せておけ」

その力強い返事を頼もしく思いつつ、羽衣は腕を伸ばして彼の首に巻きつける。

彼の汗の匂《にお》いを心地良く感じながら、今夜も羽衣は番《つがい》に愛を告げた。

「……愛してる、きーちゃん」

「俺もだよ。昔も、今も、未来永劫、お前だけを愛し続ける、羽衣」

あとがき

こんにちは。ルネッタブックス様では初めましてとなります。

春日部こみとと申します。

この本を手に取ってくださってありがとうございます。

今回のお話は、オメガバースという特殊な世界観を前提とした物語になります。

簡単に言えば、「番《つがい》」の存在する世界での恋愛話です。

『番』と言えば、オオカミが有名でしょうか。

血縁関係にある個体だけでグループを形成するオオカミは、親を中心に群れの社会秩序を創り上げるそうですが、親の番はパートナーを変えることなく、一生涯を共にするのです。

相手を決めたら絶対に変えない、という一途な愛情は、女性なら誰もが一度は憧れるものではないでしょうか。

そんな「番」制度を取り入れた今回のお話でしたが、いかがだったでしょうか。

唐突ですが、ここで私の性癖を一つ暴露します。

私は強い女性が好きです。どんな種類の強さでも構いません。メンタルでも、経済力でも、フィジカルであってもオッケーです。

とにかく強い女子愛好家なのです。

ところが今回のオメガバースの世界観では、設定上オメガが社会的にも身体的にも精神的にも弱者という立場であるため、大好きな強い女性を書きにくい……！

（よし、じゃあ「強いオメガ」作ったろ）

これがアルファ気質を持つオメガの家系「小清水家」爆誕の理由でした。

ここまで書けばお分かりでしょうが、今作で私が一番お気に入りのキャラクターは、ヒロインの羽衣ちゃんのお母さん、小清水夜月さんです。わーい最強オメガかっこいい！

きっとお年を召しておばあちゃんになられてもお美しいのでしょうね。

イメージとしてはアンジェリーナ・ジョリー様でしょうか。ああ、美しい。

お母さんをもっと登場させたかったのですが、主人公を食っちゃう人なのでやめておきました。残念。

そんなこんなで仕上がった今作、私はとても楽しく書かせていただきました。

皆様にも楽しんでいただけるといいのですが。

美しいカバーイラストを担当してくださったのは、森原八鹿先生です。

森原先生の日本画のような雰囲気のある麗しいイラストに、感嘆のため息が出ました。

桐哉の俺様気質の滲み出る艶、そして羽衣の可憐な中にも凛とした美しさ……素敵すぎて涙が出ます。

森原先生、素晴らしいカバーイラストを本当にありがとうございました。

遅筆な私の尻を叩いて応援してくださった担当編集者さま。

いつも本当にありがとうございます。担当様の優しさに救われて頑張れました。

この本を世に出すために、ご尽力くださった全ての皆様に、感謝申し上げます。

そして最後に、ここまで読んでくださった皆様に、愛と感謝を込めて。

春日部こみと

【主な参考文献】

『目で見るからだのメカニズム』　著：堺章　医学書院
『成人看護学6 内分泌・代謝』　著：黒江ゆり子他　医学書院
『成人看護学9 女性生殖器』　著：末岡浩他　医学書院
『カラー版 脳とホルモンの行動学わかりやすい行動神経内分泌学』　著：近藤保彦他　西村書店
『とことん解説 人体と健康 ビジュアルホルモンのはたらきパーフェクトガイド』　著：キャサリン・ウイットロック他　日経ナショナルジオグラフィック

ISBN978-4-596-42756-4　定価1200円＋税

ISBN978-4-596-77452-1　定価1200円＋税

ルネッタブックス

婚約破棄された令嬢ですが、私を嫌っている御曹司と番になりました。

2023年9月25日　第１刷発行 定価はカバーに表示してあります

著　者　春日部こみと

発行人　鈴木幸辰
発行所　株式会社ハーパーコリンズ・ジャパン
東京都千代田区大手町 1-5-1
03-6269-2883（営業部）
0570-008091 （読者サービス係）
印刷・製本　中央精版印刷株式会社

ISBN978-4-596-52490-4